KB070784

자전거 타고
산티아고

이 책이 세상에 나올 수 있도록

저와 산티아고 순례길에 동행해 주신 동료들과

한없는 열정으로 봉사해주신 '자전거 타고 산티아고' 밴드의 운영진과

우리의 꿈이 멋지게 이루어질 수 있도록

서로에게 도움을 아끼지 않으신 모든 회원님들께

깊은 감사를 드립니다.

산티아고 순례길에서 자전거와 함께
달리는 꿈을 가진 사람들을 위한 안내서

자전거 타고
산티아고

지훈 지음

목차

2부 순례길을 달리다

1부

순례길을
준비하자

01

산티아고 순례길에
가고 싶다

약 10년 전부터 나는 온통 자전거를 타는 재미에 빠져 있었다. 또 나의 거주지는 인천이었고 좋은 점은 아라뱃길이 가깝다는 것이었다. 처음에는 아라뱃길의 정서진 끝까지 왕복 40km를 다녀오면 탈진 상태가 되어 곯아떨어지곤 했다. 완전 저질 체력이었던 것이다.

그러다 좀 더 멀리 가 보고 싶었고 가양대교 앞까지 가 보고, 그다음 주에는 여의도까지, 그다음 주에는 강남, 그다음 주는 잠실, 그다음 주는 팔당까지. 이렇게 점점 멀리 가 보게 되면서 자전거에 빠져들게 되었다. 그리고 그러던 일상은 내게 한 주의 작은 여행으로 만들어지고 나의 추억은 적금처럼 쌓여 갔다.

그러다 국토 종주라는 프로그램을 알게 되었다. 인천에서 부산까지 600km를 넘게 자전거를 탄다는 것은 아주 특별한 사람들만이 할 수 있는 일이라 생각했는데, 나도 하고 싶고 할 수 있다는 생각을 하기에 이르렀다. 회사에 연차를 조금 내고 주말을 합쳐서 5일간 국토 종주를 하였고, 당시로서는 매우 힘들고 고된 일정이었지만 대단한 성취감을 얻을 수 있었다.

그 성취감은 이어서 4대강 종주, 국토 종주 그랜드슬램 등의 목표로 이어졌고. 스탬프를 찍으며 목표를 이루어 나가는 것에 푹 빠져서 주말이면 미친 듯이 페달을 밟게 되었다.

국토 종주, 4대강 종주, 그랜드슬램, 이렇게 3개의 메달을 다 받아 목표를 이루고 나니 서서히 자전거의 재미가 줄어들기 시작했다. 춘천 길은 스무 번도 넘게 간 것 같고, 오천 길, 섬진강처럼 예쁜 곳은 동네 마실 다니듯 다녔다. 가끔 랜도너스 대회에 나가서 200km를 완주하며 기뻐하기도 했지만 이번 주말에는 어디를 가야 하나 코스 생각에 설레는 일도, 더 좋은 자전거를 갖고 싶어 매물 사이트를 뒤적이는 일도 조금씩 줄어들었다. 이것은 새로운 길에 대한 목마름 같았다.

그러다 어느 방송 예능 프로그램에서 산티아고 순례길을 알게 되었다. 스페인 어느 작은 마을의 풍경도 아름다웠지만, 순례길 800km를 두 발로 도전하는 사람들의 모습이 너무 멋져 보였다. 더욱이 최소한의 짐을 메고 알베르게에서 먹고 자며, 타국의 순례자들과 소통하며 여행을 한다는 것은 단순히 스탬프를 찍은 여행의 즐거움에 더하여 새로운 경험이 기대되었고 나에겐 새로운 목표로 다가왔다.

산티아고 순례길이라고 하면 일반 여행이 아닌, 대단한 인고의 과정처럼 느껴지기도 했다. 물론 나는 어딘가를 순례함으로 얻고자 하는 영성 같은 것은 잘 몰랐다. 다만 50대가 넘고 은퇴를 바라보는 나이가 되었고, 이 시기에는 열심히 살아온 내 자신을 돌아보고 제2의 인생에 대해 생각해 보기에는 멋진 여행이 될 것이라 생각이 들었다. 물론 800km를 걷는다는 것은 아주 멋진 일이지만 그 인고의 시간은 내가 감당할 수 있을까 하는 걱정도 생겼지만 그건 할 수 있을 것 같았다.

물론 아주 오래전의 이야기라 중년 남자의 허세이긴 하겠지만 대한민국 남자로 군대를 다녀왔고 40km 정도의 행군 정도는 많이 해 보았다. 24시간 100km를 걷는 강행군도 두 차례 해 보았다. 하루 30km 정도는 걸을 수 있을 것 같았다. 또, 2년 전 서울 둘레길 157km를 9일 동안 걸어서 완주하였기에 나름 걷는 즐거움도 알고 있어서 자신감은 있었다.

바로 산티아고 순례길에 대한 공부를 시작했고 하루 25km 정도씩 걸어서 보통 32일이 걸린다는 것을 알게 되었고, 이런저런 이동과 묵시아, 피스테라 구간까지 합치면 넉넉히 40일은 걸린다는 사실도 알게 되었다.

하지만 해결할 수 없는 한 가지.
은퇴를 아직 하지 않은 직장인인 내가 산티아고에 가기 위해서 해야 할 첫 번째 결정은,

"퇴사?"

아무리 꿈도 꿈이지만 처자식 먹여 살리는 것 팽개쳐 놓고 산티아고로 향하는 것은 한 가정의 가장된 도리로 지탄받게 될 일이다. 난 그럴 자신은 없다. 능력이 뛰어나지 않아서 지금 직장을 포기하고 다녀온 후 50이 넘은 상황에서 새로운 직장을 구할 자신도 없었다. 벌어 놓은 것도 많지 않은 상황에 무작정 "카르페디엠"을 외칠 수만은 없는 형편이었다.

하지만 저 메세타고원의 사진을 보고 있으면 땀 흘리며 행복한 표정으로 걷고 있을 내 자신이 자꾸만 투영되어 아직 정년퇴직까지 남은 10년이 너무나 멀게 느껴졌다.

그러다 방법을 찾아낸 것이 '자전거'였다. 자전거로 완주하는 사람이 꽤 많다는 것을 알게 되었다. 순례길을 완주한다는 것은 걷기도 하지만 자전거를 타거나 말을 타고 도전하는 사람도 있고, 또 아주 적은 수이지만 휠체어로 도전하는 사람도 있다는 사실이었다.

또 전체를 완주하지 않아도 도보의 경우 끝의 100km를 걷거나 자전거의 경우 마지막 200km를 달리면 완주 인증서를 준다는 것도 알게 되었다.

"그래. 자전거로 가면 되겠구나!"

자전거로 간다면 하루 100km는 갈 수 있고, 그러면 8일이면 완주하겠다는 계산이 나왔다(물론 이곳 자전거 길 100km와 그곳에서의 100km는 차원이 다르다는 것을 알게 되었지만). 오며 가며 넉넉잡고 2주면 충분할 것이고 휴일이 주말과 잘 겹쳐 있는 시기에 휴가를 잘 배치하면, 회사에서 약간의 눈총은 받을 수 있지만 워라밸의 문화를 중시하는 요즈음의 회사 분위기라면 큰 어려움 없이 휴가를 받아낼 수 있겠다는 판단이 들었다. 그렇게 자전거 타고 산티아고를 향해 달릴 준비를 하게 되었다.

그 과정에서 대형 여행사는 아니지만 이런 종류의 여행을 안내해 주는 곳들이 있다는 것을 알게 되었는데 그들의 안내문을 받아 보니 나와 일정도 잘 맞지 않았고 비용도 비쌌다. 그리고 무엇보다 도보 여행자를 위한 상품은 있었지만 자전거를 타고 순례길을 달리는 것에 대한 상품은 존재하지 않았다. 그래서 이런저런 방법으로 순례길을 가는 방법에 대해 공부를 다시 하기 시작했다.

또 하나의 문제가 생겼다. 스페인은 영어권이 아니라는 사실이다. 물론 영어를 잘하지는 못하지만 그럭저럭 여행하는 정도는 문제가 없었다. 하지만 스페인어는 전혀 알지 못했기에 자신감이 급격히 하락했다. 생각해 낸 방법은 스페인어가 되는 동료를 구하는 것이었다. 어느 자전거 동호회 카페에 이 여행의 동료를 구하는 글을 올렸다. 처음 생각에는 한두 명 정도 마음 맞는 사람만 구해지면 좋겠다고 생각했고, 조건은 스페인어가 가능한 사람이었다. 나는 자전거 정비와 요리로 봉사할 것이니 서로의 보완이 이루어지면 좋을 것 같고, 또 여행이 끝나 프랑스 파리에 도착하면 가장 비싼 레스토랑에서 식사를 대접하겠노라고 약속의 글도 올렸다.

생각 외로 반응은 폭발적이었다. 오전에 올린 글이 오후에 이미 여행에 참가하겠다는 댓글이 40명 넘게 신청이 올라와 있었다. 감당할 수 없는 상황에 너무 깜짝 놀라 일단 마감을 시키고 댓글을 살펴보았다. 내가 원하는 멤버는 스페인어가 되는 사람이었지만, 참가를 희망하는 사람들 중 기대했던 사람은 없었고 영어도 어렵다는 분들이 대부분이었다. 하지만 자신은 꼭 그곳에 가고 싶으니 반드시 데리고 가달라는 부탁이 대부분이었다.

한 가지는 확실했다. "나 같은 사람이 많구나."라는 사실이었다. 글을 올렸으니 책임은 져야 했다. 이렇게 가고 싶어 하는 분들과 같이 방법을 찾아본다면 안 될 것은 없겠구나 하는 생각을 하고 네이버 밴드를 만들었다. 밴드명은,

「자전거 타고 산티아고」

멤버들을 초대하고 같이 공부를 해 보자고 했다. 비행기에 자전거를 수하물로 가져가려면 어떤 항공사를 선택하고 절차는 어떤 것인지, 그리고 파리에 도착하면 생장피에드포르(Saint Jean Pied de Port, 줄여서 생장으로 칭한다)까지 어떤 방법으로 이동하는 것인지, 길은 어떻게 찾아가면 되는지, 밥은 어떻게 사 먹으면 되는지 등을 같이 알아보고 콘텐츠를 밴드에 올려서 공유하자고 했고 모두들 그 과정에 진심으로 찬성했다(물론 나중에 보면 나만 콘텐츠를 올리고 있었다).

이런저런 조사를 하던 중, 종종 자전거 동호회에서 산티아고 순례길을 모집해서 간다는 것을 알게 되었다. 반가운 마음에 연락해서 내용을 들어 보았지만 사실은 여행 상품이었다. 즉, 너무 비싼 상품을 운영하고 있었다. 물론 경제적으로 풍요롭지 못한 내게 비싸다는 의미다. 그때는 2018년도였고 당시의 시세로 600만 원 이상이었는데, 당시 내가 조사한 바로 비용을 계산해 보면 300만 원 정도면 충분해 보였다(물론 코로나 이후인 2022년 지금은 항공 요금과 스페인 현지 물가가 올라서 350~400만 원이 소요된다).

일반 패키지 상품이라면 편하게 관광하는 것이라 비싼 만큼의 서비스를 소비해도 문제가 없다고 생각한다. 하지만 산티아고 순례길이라는 이 여행은 그런 피동적 관광이 아니라 내가 스스로 방향을 찾고 그 고단함을 감당해야 의미 있는 여행이어서 직접 방향을 찾는 과정도 산티아고 순례길의 일부여야 한다고 생각했다.

그렇게 9명의 멤버를 추렸고 같이 연구하고 발을 맞추는 라이딩 훈련도 했다. 수차례의 훈련을 거쳐 2019년 5월 우리는 그렇게도 원하던 여행을 떠났다. 결과적으로 우리는 산티아고 성당 광장 앞에서 활짝 웃을 수 있었지만 그 과정은 험난했다. 파리에서 생장으로 가는 기차가 5시간 연착되어 시작부터 일정이 틀어지기 시작했고, 현지 도로 상황을 이해하지 못한 우리는 하루에 얼마나 달릴 수 있는지도 제대로 예측하지 못했다. 계획한 일정만큼 달리지 못하다 보니 일정은 점점 꼬여 갔다.

목표한 곳에 도착했지만 숙소를 구하지 못해서 발을 동동 구르다 다음 도시까지 또 이동해야 했고 음식도 잘 몰라서 매일 같은 것만 먹기도 했다. 멤버들과의 사소한 트러블은 여행을 지치게 하기도 했다. 그래도 한 가지 느꼈던 것은, 까미노는 뜻대로 되지 않는 일들이 수없이 일어났지만 항상 그 난관을 이길 수 있도록 누군가 천사처럼 나타나 도와주는 것이었다. 가장 아쉬웠던 것은 일정을 맞추지 못해서 부르고스에서 폰페라다까지 200여km를 기차를 통해 점프했던 것이다. 그리고 다시 폰페라다부터 3일을 달려 산티아고 성당에 도착했다. 그래도 그때의 기쁨은 잊기 힘들 것 같다.

여행은 그렇게 마무리 지었지만 늘 아쉬움이 남았다. 늘 다시 그곳을 찾고 싶었던 것이다. 해외여행을 하며 멋진 곳을 보고 나중에 다시 찾고 싶은 생각은 들지만, 다음 해에 바로 그곳을 찾고 싶은 곳은 까미노가 처음인 것 같다.

피레네산맥의 장엄한 풍경을 다시 보고 싶었고 달리지 못했던 메세타를 경험하고 싶었고 산티아고 광장에서 기뻐서 우는 사람들을 다시 보고 싶었다. 다음 해 또다시 그곳을 찾으려 모든 것을 준비했지만 코로나 팬데믹으로 길이 막혔다. 그렇게 3년을 기다려야 했다. 팀을 다시 구성하고 2022년 9월, 나는 다시 그곳 까미노에서 달릴 수 있었다.

숙소가 없어서 헤매지 않도록 전일정의 숙소를 예약하고 적절하게 하루에 달릴 수 있는 만큼만 일정을 잡았다. 음식에 대해 좀 더 공부를 했으며 기초적인 스페인어와 꼭 보아야 할 곳도 놓치지 않도록 준비했다. 물론 아무리 노력하고 준비해도 아쉬웠고 변수는 늘 계속 발생해서 어려움을 겪었지만 우리는 현명하게 헤쳐 나갔다.

까미노에서 돌아온 지금 나는 산티아고 순례길의 전도사가 되어 있다. 그곳이 왜 좋은지 물으면 나는 그저 떠나라고 말한다. 장담하지만 순례자의 표정은 행복에 젖어 있다. 스페인과 프랑스의 많은 관광지에 수많은 여행자가 있지만 순례자들의 표정만큼 행복해 보이지 않았다.

2천 명이 넘는 「자전거 타고 산티아고」밴드를 리더로서 운영하며 많은 사람이 그곳에 가고 싶어 한다는 것을 알게 되었다. 정보가 부족하여 직접 그곳에 가기를 두려워하는 사람이 많다는 것도 알게 되었다.

이 책은 단순히 여행사의 상품으로 따라다니는 순례자가 아니라 준비부터 순례자가 될 수 있는 사람들을 위해서 쓰게 되었다. 물론 산티아고 순례길에 대한 안내서는 많지만 자전거 여행자를 위한 순례길 안내서는 없었기에 이 책을 준비하게 되었다.

이 책을 읽으시는 독자 모두 피레네의 정상에서, 한없이 펼쳐진 광활한 메세타고원에서 또 산티아고데콤포스텔라 광장에서 자전거를 번쩍 들고 환하게 웃는 행복한 모습으로 만나기를 바란다.

02

순례길의 기원

산티아고 순례길은 9세기 스페인 산티아고데콤포스텔라에서 성 야고보의 무덤이 발견되었다고 알려져 유럽 전역에서 많은 순례객이 오가기 시작했던 길이다. 물론 야고보도 그곳까지 전도 여행을 하셨으니 그 길로 걸었을 것이다. 하지만 순례길에서 야고보의 흔적을 찾기는 어렵다. 아무튼 산티아고(Santiago)는 야고보를 칭하는 스페인식 이름이며, 영어로 세인트 제임스(Saint James)라고 한다. 또 까미노(Camino)는 스페인어로 '길'을 뜻한다. 즉, 우리가 이야기하는 **까미노 데 산티아고(Camino de Santiago)**는 '산티아고로 가는 길'이라는 뜻이고, 더 깊은 뜻은 '야고보에게 찾아가는 길'이 되는 것이다.

최종 목적지인 산티아고데콤포스텔라 광장에서 산티아고는 '성 야고보'를, 콤포스텔라는 '별들의 무덤'을 뜻한다고 한다. 그러므로 산티아고데콤포스텔라는 '야고보가 묻혀 있는 성인의 무덤'이 되는 것이고 그곳에 성당이 세워진 것이다.

　예수 그리스도가 십자가에 못 박힌 후 부활하시어 제자들에게 마지막으로 너희들은 세상 끝까지 가서 말씀을 전하라는 지시를 내린다. 이에 제자들은 각자 전도 여행을 떠나게 되는데, 베드로는 로마로 가서 선교하고 도마의 경우는 인도 동부까지 가서 선교했다고 한다. 우직한 야고보는 유대 땅을 떠나 서쪽 땅으로 선교 활동을 떠나게 되는데 그 당시 세상의 끝이라고 불리던 곳이 피스테라였다고 한다.

　선교 활동을 한 후 예루살렘에 돌아왔는데 그때 유대의 통치자였던 헤롯왕 아그리파 1세에 의해 참수형을 당한다. 전설에 따르면 처형된 야고보의 시신을 제자들이 수습하여 돌로 된 널로 해변으로 옮겼는데, 천사가 나타나 돌로 된 배에 실어 바다로 실어 보냈다고 한다. 이 배는 노, 돛, 선원도 없었는데 그 배가 스페인 북쪽 해안에 도착할 즈음 너무 심한 풍랑을 만나 침몰했다고 한다. 그러나 얼마 후 성 야고보의 시신이 온통 조개껍데기에 싸여 뭍가에 떠올랐다는 이야기가 하나 있다.

그리고 또 하나는, 이교도 커플의 결혼식이 거행되고 있던 날, 선원도 없이 성 야고보의 시신을 실은 배가 해안에 도착하자 신랑을 태운 말이 갑자기 바다로 뛰어들었다고 한다. 그러나 잠시 후 말과 신랑 모두 살아 수면 위로 떠올랐고, 역시 조개껍데기로 덮여 있었다는 이야기가 전해져 오고 있다.

그렇게 성 야보고의 가호로 순례길을 잘 마치길 바라는 마음일까…. 오늘날 순례길의 표지판이 되기도 하고 순례자의 표식으로 배낭에 조개껍데기를 달게 된 것이다. 그리고 가리비 조개의 끝부분으로 주름이 모아지듯 산티아고로 길이 모인다는 의미도 내포하고 있다.

1. 성별 순례자 수

총 178,912 명

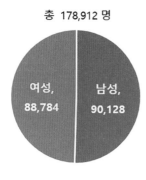

여성, 88,784

남성, 90,128

2. 순례방법

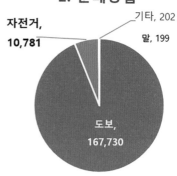

자전거, **10,781**

기타, 202

말, 199

도보, 167,730

3. 연령별

60대 이상, 28,247

30대 미만, 46,517

30~60대, 104,148

4. 루트별

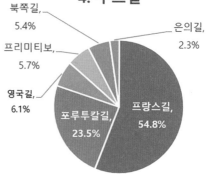

북쪽길, 5.4%

프리미티보, 5.7%

영국길, 6.1%

포루투칼길, 23.5%

은의길, 2.3%

프랑스길, 54.8%

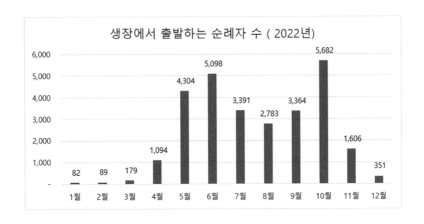

생장에서 출발하는 순례자 수 (2022년)

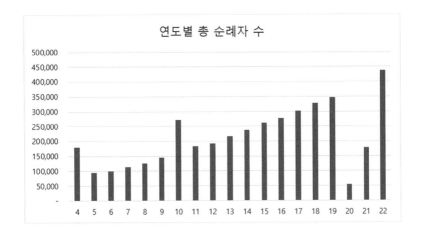

연도별 총 순례자 수

03

어느 길로 갈까?

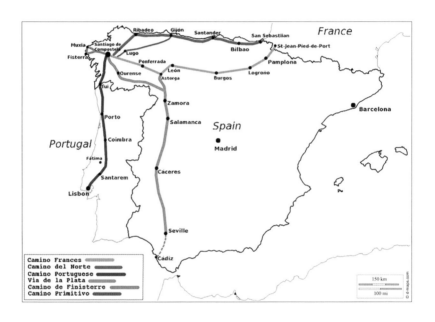

 산티아고 순례길은 스페인 각지에서 출발하여 결국 산티아고데콤포스텔라에 도착하는 여정이다. 따라서 순례길에는 여러 종류의 루트가 있다. 가장 많은 사람이 걷는 프랑스 길도 있고 스페인의 북쪽 해안 도로를 따라서 걷는 북쪽 길, 리스본에서 출발하여 포르투갈 해안과 내륙을 따라서 올라가는 포르투갈 길, 스페인 남부 세비야에서 한적히 올라오는 은의 길 등 많은 코스가 있고 저마다의 다른 아름다움과 매력이 있기에 어느 한 코스를 완주한 후 다른 코스에 도전하는 경우가 많다.

우리는 이 중 하나의 코스를 선택하여야 하는데 통계적으로는 전체 순례객의 55%가 프랑스 길을 완주하고 있고, 그다음은 포르투갈 길, 북쪽 길 순서로 선택하고 있다. 이 여러 갈래 길 중 이용도가 높은 네 가지만 알아보자.

1) 프랑스 길(Camino Frances)

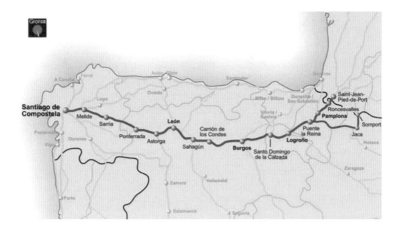

산티아고의 모든 길 중 가장 많이 알려진 길이다. 생장(Saint jean pied de port)에서 시작하여 141개의 도시를 통과하여 800km의 여정으로 이어진다.

가장 많은 순례자가 이용하는 길인 만큼 인프라도 가장 많아서 평균 5km마다 최소한의 Bar나 식료품점 같은 곳을 통해 보급을 받을 수 있고 작은 도시마다 알베르게가 많이 영업하고 있어서 성수기가 아니라면 거의 예약 없이 숙박이 가능하다. 또, 많은 사람이 이용하는 만큼 정보의 양도 많아서 접근성이 용이하다.

처음부터 해발 1,400m의 피레네산맥을 넘는데, 전체 코스 중 이런 높이의 산을 3개 넘어야 한다. 다만 사람이 많은 것은 단점일 수 있는데 최종 100km를 남겨 둔 사리아(Sarria)부터는 순례객들이 폭발적으로 증가한다. 최종 100km만 걸어도 완주 인증서를 받을 수 있기 때문에 학생들이 학교 수업의 과제로 진행하는 경우도 많다.

　프랑스 길은 크게 4개의 지방을 지난다고 보면 된다. 나바라 지방, 라리오하 지방, 카스티야이레온 지방, 그리고 마지막 갈리시아 지방이다. 길 안내 표식도 조금씩 다르고 각 지방마다 특징이 있어서 나름의 즐거움을 찾을 수 있다. 라리오하 지방은 끝없이 펼쳐진 포도밭을 볼 수 있는데 이 지역의 포도는 특히 유명해서 와인도 전 세계적으로 유명하고 포도 자체도 무척 맛있다. 카스티야이레온 지방은 사막 같은 메세타고원을 볼 수 있다. 아름답기도 지루하기도 한 그곳은 순례자들의 눈을 사로잡는다.

2) 포르투갈 길(Camino Portugues)

이 길은 두 번째로 많은 사람이 이용하는 루트이다. 전체 순례자의 23%가량이 이 코스를 이용한다. 이름과 같이 포르투갈의 수도 리스본에서 출발한다. 다만 프랑스 길과 다른 점은, 프랑스 길은 출발 지점에서 약 20km 정도만 지나면 프랑스와 스페인의 국경을 넘게 되지만 포르투갈 길은 대부분의 코스가 포르투갈 지역이다.

리스본(Lisboa)과 산티아고를 잇는 613km의 길이며 핵심인 포르투갈에서 240km만 완주하기도 한다. 자전거 라이더의 경우는 프랑스 길을 완주하고 난 후에 포르투갈 길을 역주행으로 완주하기도 한다.

해안가에 위치하여 겨울에도 날씨가 온화하고 노면과 상승 고도가 다른 길에 비교하여 자전거 라이딩에 유리하다. 유명한 파티마 성지에도 들러 볼 수 있고 물가는 모든 코스 중에서 가장 저렴한 편이다. 포르투갈을 마치고 스페인 국경을 넘는 순간 높아진 물가를 실감한다. 물론 스페인 물가가 높은 편은 아니지만 포르투갈에 비해서는 상대적으로 높다는 뜻이다.

3) 북쪽 길(Camino del Norte)

이룬(Irun)에서 시작하여 823km를 거쳐 산티아고에 도착한다. 이베리아반도 북쪽 해안 길을 따라가기 때문에 북쪽 길이라 불린다. 마지막 아르수아(Arzua)부터는 40km 정도 프랑스 길과 같다. 모든 코스 중 낙타 등처럼 오르내림이 많아 가장 힘든 길이고 관광지가 많아 물가도 비싼 편이다. 대신 해안가를 따라 관광지가 많아 경치는 가장 아름다운 길이다. 여러 순례 코스를 다녀 본 순례자의 많은 사람이 북쪽 길을 가장 아름다운 길이라고 이야기하지만, 자연경관과 음식이 풍부한 만큼 길은 험준하다. 알베르게가 많지 않은 것도 단점 중 중요한 요인이다.

4) 은의 길(Via de la Plata)

스페인 남부 세비야(Sevilla)에서 출발하여 970km 이어지며 프랑스 길의 아스트로가(Astroga)에서 프랑스 길과 만나 순례를 이어갈 수도 있다.

은의 길은 연간 순례자가 1만 명을 넘지 않는다. 따라서 이 길은 숙소나 식당 같은 인프라도 부족하다. 이 길을 두 단어로 표현하면 '외로움'과 '뜨거움'이라고 하는데, 사람도 별로 없고 도시도 많지 않아서 혼자 사색하며 외로움을 즐기고 싶다면 가장 좋은 길이라고 한다. 다만 여름에는 피해야 하는 코스인데 7~8월에는 40도가 넘어서 열사병으로 사망자도 많이 나온다고 하니 주의가 필요하다.

04

언제 갈까?

산티아고 순례길은 사계절 저마다의 매력이 있기에 계절별 풍경의 아름다움에 대해서는 개인적인 취향 차이가 클 것 같다. 다만 여름이나 겨울은 너무 고생스러운 부분이 있고 특히 자전거의 경우는 안전의 문제를 생각하지 않을 수 없으니 자신에게 잘 맞는 시기를 택하는 것이 중요하다.

먼저, 어느 시기가 가장 사람이 붐비는지를 고려해야 하는데 이것은 통계를 통해 확인해 볼 수 있다. 2019년도의 통계를 보면 20년도와 21년도 데이터는 있지만 팬데믹의 영향으로 월별 트렌드가 평년도와 너무 다른 모습을 보이고 있었다. 그래서 평년과 유사한 트렌드로 일반화할 수 있는 2019년도의 월별 순례자 통계를 보면 다음과 같다.

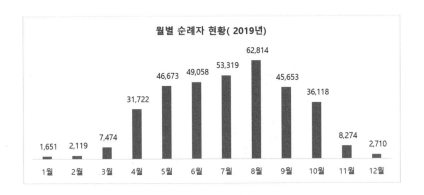

월별 순례자 현황(2019년)

계절별 나름의 매력은 있으나 사람들의 선호는 어떨까? 통계로 확인해 보자면 7월과 8월에 가장 많은 순례객이 붐빈다. 그러나 이 현상은 이 시즌이 가장 좋은 시기라기보다는 학생들의 방학이나 휴가 시즌의 영향이 크다. 이 7월과 8월 사이에는 프랑스 길에 집중되는데 알베르게에서 숙소 구하기도 어려울 수 있고(만약 잘 곳이 없다면 다음 마을까지 또 가야 한다), 식사 등의 물가도 당연히 비쌀 수밖에 없다. 대신 강수량이 적어 비에 젖을 확률이 가장 낮다.

겨울철은 순례객이 많지 않아 숙소나 인프라 구하기가 쉬울 수도 있지만 반대로 비수기라 문을 닫는 곳이 많은 것도 문제다. 가장 큰 문제는 겨울철에는 피레네산맥부터 나폴레옹 길이 폐쇄된다. 해발 1,400m이니 3월까지는 나폴레옹 길로 못 가고 옆의 발카를로스 길로 갈 수밖에 없다. 이후 메세타고원 지대도 평균 해발 900~1,000m의 고도를 가지고 있어 매우 춥고 이후에도 1,400m 고지대를 두 번 더 넘어야 한다. 결국 4월~6월, 9월~10월이 순례하기에는 적절한 시기임이 틀림없는 것 같다.

또, 봄과 가을의 차이도 있다. 봄에는 한없이 펼쳐진 밀밭과 싱그럽게 익어가는 포도밭, 그리고 푸르름의 달콤함을 즐길 수 있다. 반면 가을 여행은 다소 황량하다. 밀밭은 추수가 끝나 있고 해바라기밭도 모두 죽어 있다. 하지만 황량함과 쓸쓸함도 멋진 운치가 있고, 길가에 수없이 쌓여 있는 밤송이나 포도나무에 아직 남아 있는 포도들도 즐길 수 있다. 봄과 가을 중 두 번의 기회를 모두 가져 본 필자도 어느 것이 더 좋았는지 묻는다면 쉽게 답변하기 어렵다.

또 하나의 중요한 포인트는 성년(聖年)이다. 성년이란 야고보 성인의 축일이 7월 25일인데, 이날이 주일이 되는 해가 성년이 되는 해이다. 그 성년이 되는 해에는 많은 죄 사함을 받고자 평년보다 더 많은 순례자가 몰린다. 갈리시아 지방에서는 이에 따른 축제도 많이 열린다고 하니, 여러모로 풍성한 여행을 할 수 있는 기회이기도 하다.

그 성년에 해당하는 연도가 2004년, 2010년, 2020년인데 아래 도표와 같이 성년인 해의 순례자 수는 폭발적으로 증가한다. 순례자가 많다는 것은 여러 장점도 있겠지만 숙소 문제도 심각하게 발생할 수 있으니 성년에 꼭 가야 할지 성년을 피해야 할지는 본인이 판단할 몫인 것 같다.

2020년의 경우 성년이었으나 코로나로 인해 순례자는 대폭 축소되었다. 2021년도까지 성년을 연기하여 산티아고 대성당의 행사는 연기되었지만, 정상적인 숫자가 순례길에 오르지는 않은 것으로 판단된다. 2022년부터 산티아고 순례길은 정상화되어 30만 명 이상이 순례길에 올랐다.

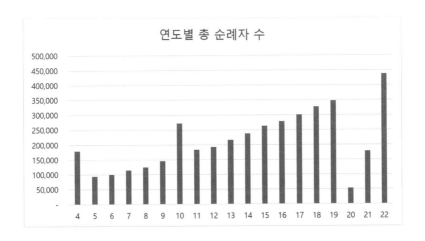

지역	팜플로냐				로그로뇨			
월	최저기온 (°C)	최고기온 (°C)	총 강우량 (mm)	강수 일	최저기온 (°C)	최고기온 (°C)	총 강우량 (mm)	강수 일
1월	1.5	9.4	59.5	13.3	1.7	10.0	28.0	10.8
2월	1.7	11.2	49.8	12.3	2.1	12.1	23.2	9.1
3월	3.8	14.8	52.5	11.6	4.3	16.1	26.0	9.1
4월	5.5	16.7	75.1	14.7	6.0	18.0	45.6	12.6
5월	8.7	21.1	60.4	13.4	9.5	22.2	47.0	11.9
6월	12.1	25.5	46.1	8.5	13.1	27.2	43.7	7.9
7월	14.3	28.6	32.9	6.2	15.4	30.4	30.2	5.7
8월	14.7	28.6	38.0	6.8	15.5	30.1	20.8	5.6
9월	12.1	24.8	43.8	8.4	12.7	26.0	25.7	6.7
10월	9.0	19.6	68.1	11.8	9.0	20.3	36.8	10.2
11월	5.0	13.3	75.0	13.4	5.0	13.9	39.5	11.1
12월	2.3	10.0	72.1	13.6	2.6	10.3	37.6	11.4

지역	부르고스				레온			
월	최저기온 (°C)	최고기온 (°C)	총 강우량 (mm)	강수 일	최저기온 (°C)	최고기온 (°C)	총 강우량 (mm)	강수 일
1월	−0.8	7.3	43.6	13.4	−0.7	7.1	50.0	11.1
2월	−0.8	9.4	35.0	11.2	0.0	9.5	34.5	8.6
3월	1.1	13.4	34.4	10.1	1.9	13.2	32.0	8.5
4월	2.7	14.9	61.3	13.5	3.3	14.8	44.8	11.3
5월	5.9	19.0	62.7	13.1	6.6	18.6	56.2	11.9
6월	9.2	24.5	40.7	7.7	10.2	24.0	30.7	7.1
7월	11.5	28.5	23.3	5.5	12.2	27.4	19.4	4.6
8월	11.5	28.4	22.8	5.4	12.3	26.9	22.8	4.2
9월	8.8	24.1	38.3	7.7	10.1	22.9	38.9	7.0
10월	5.9	17.8	60.2	12.5	6.7	16.7	61.1	11.2
11월	2.2	11.4	60.2	13.1	2.8	11.2	59.1	11.2
12월	0.2	8.1	63.3	14.5	0.4	8.0	65.6	12.1

지역	폰페라다				산티아고콤포스텔라			
월	최저기온 (°C)	최고기온 (°C)	총 강우량 (mm)	강수 일	최저기온 (°C)	최고기온 (°C)	총 강우량 (mm)	강수 일
1월	1.1	8.7	67.0	12.2	4.0	11.2	210.1	18.4
2월	1.8	11.9	53.8	9.8	4.1	12.5	167.2	15.1
3월	4.0	15.9	45.7	10.1	5.4	14.9	146.2	15.8
4월	5.7	17.6	49.8	13.1	6.2	16.1	145.9	16.9
5월	8.7	21.2	53.8	12.7	8.5	18.6	135.0	17.1
6월	12.3	26.4	31.9	7.1	11.3	22.2	72.2	9.9
7월	14.2	29.4	22.9	4.6	13.0	24.2	43.2	8.8
8월	13.8	29.0	25.4	4.7	13.3	24.7	57.1	8.5
9월	11.5	24.9	48.9	7.9	11.9	22.8	106.6	10.8
10월	8.3	18.5	81.4	12.9	9.5	18.1	225.9	17.2
11월	4.4	12.5	82.2	12.6	6.6	14.1	216.8	18.3
12월	2.0	8.8	89.3	13.9	5.0	11.9	261.1	18.4

05

자전거로 가면
얼마나 걸릴까?

프랑스 길 기준으로 도보 여행자는 30~40일을 걸어서 산티아고에 도착한다. 자전거 여행자는 당연히 도보 여행자보다는 빨리 도착하지만, 얼마나 빠를지에 대해서는 설명이 어렵다. 이 부분은 사람마다 워낙 많은 편차가 있으니 필자 기준으로 설명하겠다.

가장 많은 자전거 라이더가 달리는 강변 자전거 길 기준으로 무난히 100km는 타며, 국토 종주 633km 기준 4일 정도 걸리는 사람이라면 충분히 산티아고는 완주할 것으로 판단한다. 필자는 하루에 100km는 충분했고 많이 타면 150km, 랜도너스 같은 대회라면 좀 무리해서 200km는 탈 수 있었기에(하루 400~500km를 타거나 280 랠리 대회에 나가는 라이더라면 웃을 실력인 것은 잘 알고 있다) 산티아고에서 하루 100km 정도는 무난히 탈 줄 알았다.

　그러나 첫날 피레네산맥을 넘을 때 생각보다 만만치 않음을 느끼기 시작했는데, 아침 8시에 출발해서 오후 2시 넘어서야 피레네산맥을 넘어 론세스바예스에 도착했다. 이제 25km 주행한 것이었다. 그때는 피레네산맥이니 어쩔 수 없는 것이라 생각했다.

　그런데 그 이후에도 하루 100km 타기는 어려웠다. 깨진 자갈이 많아 노면은 거칠었고, 길을 찾는 데 많은 시간을 소비하기도 했다. 또, 숨 막히는 풍경을 보고만 있을 수는 없어 사진 찍는 데 많은 시간을 보내다 보니 자꾸만 지체되었다. 평속 20km를 내고 싶었지만 오르막 내리막도 계속되었고 평속은 10km 초반에 늘 머물렀다. 같이 가신 분들도 모두 중급 이상으로 잘 타시는 분들이지만 생각보다 진도가 나가지 않았다.

　인원이 많다 보니 사소한 문제가 생겨도 다 같이 멈추어야 했고 체력적으로 회복이 잘 되지 않았다. 즉, 시차도 안 맞았고(시간 여유가 되신다면 2~3일이라도 관광을 하면서 시차 적응 시간을 갖고 순례길을 시작하는 것도 좋은 방법이라고 생각한다) 음식도 맛이 없는 것은 아니지만 빵과 고기만으로는 기운이 나지 않았다. 정말이지 얼큰한 해장국 하나 먹으면 기운이 펄 펄 날 것 같았다.

알베르게라는 불편한 잠자리까지도 라이딩은 행복했지만 피로 회복은 쉽지 않았다. 결국 이곳 한국에서 100km 이상 주행하신다면 그곳에서는 60~70km 정도 생각하면 좋을 것 같다. 물론 밤늦게까지 달릴 수도 있겠지만 알베르게에 방이 없거나 주인이 문을 일찍 닫기도 한다. 4시 정도 도착해서 휴식도 취하고 빨래도 하고 동네 구경도 하는 것이 좀 더 풍요로운 순례 여행이 되지 않을까 생각한다.

낙타 등 같은 코스, 시차, 음식, 잠자리, 피로 누적을 감안한 일정을 만들어야 한다. 하루에 적당한 거리를 달리고 숙박할 만한 도시를 연결해 보았으니 다음 페이지의 일정표를 참고하기 바란다. 난이도가 있는 날은 거리를 줄였고 평지가 많아 난이도가 약한 날은 주행 거리를 다소 늘렸다.

일차	출발지	도착 위치	구간 거리	비고	주행 거리
1일	오전 인천 출발	파리도착			
2일	파리	생장		시차 적응 휴식	
3일	생장	오리손	8	생장 출발 8km지점 해발 792m	48
		론세스바예스	17	생장에서 21km지점 1430m 고지이며 (레퓌데르 언덕) 이후 내리막	
		수비리	23	내리막	
4일	수비리	빰플로나	20.5	평온의 길	67.5
		뚜엔떼라 레이나	25	빼로돈 고개(용서의 언덕)	
		에스떼야	22		
5일	에스떼야	로스 아르꼬스	21.5	이라체수도원(무료 포도주)	63
		로그로뇨	19		
		나바레테	22.5		
6일	나바레테	나헤나	18		62.5
		산토 도밍고 데라 깔사다	21.5		
		벨로라도	23	벽화 마을	
7일	벨로라도	산 후안 데 오르떼가	24.5		75.5
		부르고스	29.5	부르고스 성당	
		오르니요스 델 까미노	21.5		
8일	오르니요스 델 까미노	까스트로 헤리스	21		89.5
		프로미스따	25.5		
		까리온 데 로스 꼰데스	19.5		
		레디고스	23.5		
9일	레디고스	사아군	17		75
		엘 부르고 라네로	19		
		만시야데 라스 물라스	19.5		
		레온	19.5	뽀르띠요 언덕	
10일		레온		하루 휴식 및 관광/레온성당	
11일	레온	산 마르띤 델 까미노	25	오아시스 도네이션 카페	74
		아스트로가	24.5		
		라바날 델 까미노	24.5	870 → 1150m 로 올라감 /메세타 구간 끝남	
12일	라바날 델 까미노	몰리나세까	25.5	1200 → 1500 → 600 구간, 철십자가 (2번째 고개)	75.5
		폰페라다	7.5	폰페라다 성 관광	
		까까벨로스	16.5		
		베가 데 발까르세	26	까까벨로스 지나자마자 비아프랑카델 비아르조(스페인 하숙)	

날짜	출발지	경유지	거리	비고	합계
13일	베가 데 발까르세	오 세브레이	13.5	600 → 1400 (3번째 고개)	60
		뜨리아 까스테야	22	뽀이오 언덕, 순례자 동상 이후 내리막	
		사리아	24.5		
14일	사리아	뽀르또 마린	22.5		62.4
		빨라스 데 레이	25.5		
		메리데	14.4		
15일	메리데	아르수아	14.1		54.1
		빼드로우소	19.5		
		산티아고데 콤포스텔라	20.5		
16일		피스테라 묵시아		택시 또는 버스 이용 /포루토 관광 가능	807
17일	산티아고 파리 출발	파리 도착			
18일		인천 도착		해산	

이 도표는 하루 70~80km 정도 달린다고 가정했을 때 목표 도시들을 계획해 본 것이다. 이렇게 달린다면 13일이 소요된다. 여기에 파리 인-아웃(in-out)으로 가정했을 때,

A. 파리까지 항공 이동 1일

B. 파리에서 생장까지 이동 1일

C. 순례길 달리는 기간 13일(레온에서 하루 휴식 포함)

D. 산티아고에서 피스테라 등 관광 1일

E. 산티아고에서 인천으로 이동 2일

이렇게 최소 18일이 소요된다. 여기에 사전에 파리나 생장에서 시차 적응 기간을 갖거나 피스테라, 묵시아, 또는 포르투갈 지역에 관광을 다녀오는 날을 늘릴 수 있다면 약 20일 정도의 일정으로 충분하다고 판단된다.

06

비용은 얼마나 들까?

서두에 이야기했지만, 여행사 등을 통해서 500~600만 원 정도의 비용으로 순례길을 다녀오신 분들을 많이 보았고, 코로나 팬데믹 이후는 항공권 및 스페인 물가가 올라 700~800만 원까지 비용이 필요하게 되었다. 하지만 순례길을 스스로 개척해 나아간다면 비용은 절반 이하로 떨어진다. 어떤 항공사를 이용 하느냐에 따라 항공료만 무척 큰 차이를 나타내고 그 외 비용은 큰 차이가 없다.

일반적으로 우리가 유럽 여행을 가는 패키지 상품은 어떤 상품인가에 따라 품질도 많이 차이가 발생하고 입장료 등의 이유로 옵션으로 지불하게 될 추가 비용도 상당히 많다. 하지만 순례길에서는 입장료도 별로 없고 럭셔리 옵션은 하고 싶어도 별로 할 것이 없다. 기껏해야 대도시에서 좋은 호텔에서 숙박하는 정도와 마사지, 유료 성당에 들어갈지 결정해야 하는 정도가 아닐까 싶다.

아래 도표는 2022년 9월 필자 기준으로 작성된 예산이다.

구 분		금 액	기 타
항공료	인천 - 파리 왕복	1,800,000	대한항공 기준, 자전거 무료
	산티아고 - 파리 편도	220,000	뷰엘링항공 기준, 자전거 5유로 포함
교통비	파리 공항- 시내	15,000	지하철
	TGV (파리 → 생장)	150,000	
호텔	파리 1박	100,000	몽파르나스 인근 3성기준
알베르게	14박 X 2.5만원	350,000	공립 10유로, 사립 15~20유로
식사	15일 X 5만원	750,000	조식 5유로 중, 석식 10~15유로
음료,간식	15일 X 1.5만원	225,000	
기타	유심칩	50,000	30일 LTE 50G
	여행자보험	70,000	연령별 편차 적용
	입장료(성당 등)	70,000	10유로 * 5개소
계		3,800,000	

크게 보면 음식·음료 100만 원, 숙박 40~50만 원, 교통비 40만 원(기차, 항공), 인천-파리 간 항공 150~200만 원, 기타 20만 원.

역시 가장 큰 비중은 항공료임을 알 수 있다.

1) 항공료

가장 크게 차이가 발생하는 부분이다. 대한항공이나 아시아나 같은 국적기를 이용하게 되면 쌀 때는 100만 원 높을 때도 200만 원 정도면 이코노미석을 예약할 수 있다. 하지만 경유지를 거쳐서 가는 항로의 경우 최소 80만 원대에서부터 항공사를 선택할 수 있다.

스카이스캐너(www.skyscanner.co.kr)에서 약 6개월 전부터 미리 검색하고 있으면 되는데, 직항의 경우 파리까지 12시간이 걸리지만 경유지를 거치는 항공임에도 16시간 정도에 도착하는 항공사는 무척 많다. 다만 자전거라는 수하물이 유료인 항공사와 무료인 항공사가 있으니 비행기 표는 싸게 구매했는데 자전거가 왕복 30만 원이 넘는 실수는 피해야 한다. 이 부분은 항공사 선택에서 다시 설명하고자 한다.

2) 산티아고 완주 후 파리로 돌아오는 항공

보통 부엘링항공을 이용하는데 저가 항공사다. 자전거가 유료이며 좀 비싸다. 보통 15~20만 원 사이인 경우가 많다. 자전거는 유료여서 5유로(약 7만 원)를 따로 받는다. 미리 예약해야 하고 직항은 산티아고에서 파리로 매일 들어오지 않으므로 주의해서 예약해야 한다. 또한 지정 좌석, 환불 및 취소, 일정 변경 등은 모두 유료 서비스다.

3) TGV 교통비

파리의 샤를 드골 공항에서 시내 이동, 시내 몽파르나스역(Gare Montparnasse)에서 생장까지 이동하는 TGV 비용이며 일등석 기준 100~150유로이다(자전거 포함). 이등석과 가격 차이가 크지 않아 일등석을 이용하는 것이 좋을 것 같다. 우리나라의 경우 KTX 요금은 정해져 있지만 이곳은 그렇지 않다. 비행기처럼 고무줄 같은 요금 체계를 가지고 있으니 한 달 정도 전에 예약하는 것이 저렴하게 예약이 가능하다.

4) 숙박비

파리에서는 최초 1박을 해야 하는 경우가 많다. 기차를 타야 하는 몽파르나스역 주변의 호텔은 매우 비싸다. 작은 호텔도 2인 1실 기준 20~30만 원 정도다. 시내에서 좀 벗어나면 10만 원 선에서 구할 수도 있는데, 다음날 다시 기차를 탈 몽파르나스역까지 이동해야 하는 수고로움이 있다. 파리를 벗어나 출발지인 생장에 도착하면 숙박료는 정상적 수준으로 떨어진다.

순례길에 접어들면 대개의 경우 알베르게에서 숙박하는데 물론 호텔도 이용할 수 있다. 예상하겠지만 알베르게와 호텔 중 어느 곳에서 숙박할 것인가에 따라 차이가 크게 발생한다. 알베르게의 경우 공립은 지방마다 조금 다르지만 5~10유로이며 사립 알베르게의 경우는 10~18유로 사이다. 물론 좀 비싸게 20유로를 받는 곳도 있다.

여럿이 가서 알베르게에 숙박하면 민폐라고 하시는 분도 계시지만 그렇지는 않다. 인원에 따라 별도의 방을 주는 경우도 많고 전체가 다 비어 있는 알베르게도 생각보다 많이 보게 된다.

호텔의 경우에는 워낙 케이스 바이 케이스이기 때문에 다를 수 있지만 고급 호텔이 아니라면 2인 기준 40~100유로 사이가 많은 편이다.

5) 식비

알베르게에서 조식과 석식을 유료로 제공하기도 하고 전혀 제공하지 않는 곳도 있다. 식당을 이용해도 비슷한 금액대로 운영된다. 순례자 메뉴의 경우 15유로 내외, 조식은 5유로 내외이다. 중식은 단품으

로 먹는다면 10~12유로 정도가 예상된다. 바게트는 무료로 계속 리
필해 주는데 스페인 빵은 특히 맛있다. 우리 표현으로 '겉바속촉' 그대
로다. 마음껏 즐기기 바란다.

물론 직접 요리를 해서 먹으면 더욱 비용을 아낄 수 있다. 슈퍼마켓
(Supermercado)에서 파스타 재료나 쌀, 고기, 야채 등은 얼마든지 구매
할 수 있고 식재료 비용은 저렴한 편이다.

6) 간식/음료

생과일 오렌지를 착즙해 준 오렌지 주스(Zumo de narangha)와 카페라
테 같은 카페 콘 레체(Cafe con leche)는 가격도 저렴하고 맛도 좋아서
늘 즐겨 먹었던 것 같다. 2~3유로 내외의 가격에 저렴하게 즐길 수 있
다. 라이딩을 하다 보면 하루 한두 차례는 카페에 들러 당을 보충하게
된다.

7) 유심 칩

현지 유심을 구입할 수도 있고 한국에서 와이파이를 렌트해 갈 수도
있다. 여럿이 같이 이용한다면 와이파이 도시락 같은 것이 저렴할 수
있다. 스페인 전용 유심은 5만 원 선에서 30GB 정도의 상품을 이용할
수 있다.

8) 여행자 보험

개인적으로 여행자 보험은 필수라고 생각한다. 분실에 대한 담보보다는 자전거 라이딩은 아무래도 다칠 확률이 높은 것은 사실이고 해외에서 다칠 경우 자칫 엄청난 병원비에 어려움에 처할 수 있다. 다만 나이와 보험료가 비례하니 잘 조사해서 가입해야 한다. 50대 기준 5~7만 원이고 70대면 20만 원대까지 올라간다.

종합해 보면 저렴한 항공을 이용하고 알베르게를 대부분 이용한다면 300만 원 초반, 국적기를 이용하고 호텔 위주로 생활한다면 400만원 이상의 예산으로 계산된다. 본인의 성향에 맞게 선택해야 할 부분으로 판단된다.

이 외 도보로 이용한다면 얼마나 들까?

일반적으로 하루 50유로가 가장 적당하게 여행할 수 있는 비용의 최저선이라고 한다. 그럼 35일 정도 여행한다면 약 1,750유로가 소요된다는 뜻이다. 물론 공립 알베르게에서만 생활하고 대부분 직접 요리해서 먹거나 빵을 사서 먹는다면 하루 20~30유로로도 순례가 가능하다고 볼 수 있다.

07

항공권 구매하기

　항공권을 구매할 때 선택해야 할 첫 번째는 어디서 인-아웃을 할 것인지와 그에 따라 어느 항공사를 선택할지일 것이다. 먼저 어디로 인-아웃을 할 것인가에 대해서는 개인마다 여행의 경로가 다를 수 있지만, 전후 다른 곳의 여행을 겸하지 않고 프랑스 길만 완주하고 귀국하게 된다면 파리로 인-아웃 하는 경우가 일반적이다. 이유는 파리로 취항하는 항공사가 많아 상대적으로 저렴한 항공권이 많이 나오고 또 생장으로의 이동도 비교적 빠르기 때문이다.

　항공사는 스카이스캐너를 활용하여 효율적으로 저렴한 항공사를 선택할 수 있다. 출발지와 도착지 그리고 가는 날, 오는 날을 입력하면 항공사마다 구매할 수 있는 최저 가격과 이동 시간 등을 고려한 효율적 판단이 가능하다.

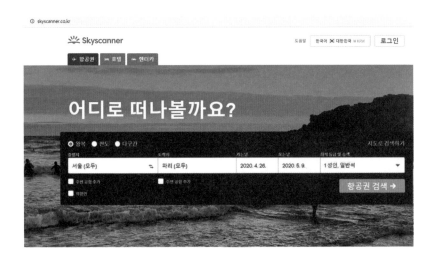

　물론 아래의 조회 화면 결과는 같은 출발일, 같은 장소라 해도 매일 매일 다른 금액의 결과로 변동되므로 고정적이지는 않지만 많은 차이를 볼 수 있다.

| ✈ Lufthansa | 오후 12:15 ICN | 16시간 10분 ———●——→ 1회 경유 FRA | 오후 9:25 CDG | 총 19건 중 최저가 ₩1,460,100 선택 → |
| ✈ Lufthansa | 오전 11:35 CDG | 15시간 ———●——→ 1회 경유 FRA | 오전 9:35⁺¹ ICN | |

| QATAR | 오전 1:30 ICN | 19시간 25분 ———●——→ 1회 경유 DOH | 오후 1:55 CDG | 총 3건 중 최저가 ₩1,171,800 선택 → |
| ETIHAD AIRWAYS | 오전 10:30 CDG | 18시간 10분 ———●——→ 1회 경유 AUH | 오전 11:40⁺¹ ICN | |

    2023년 5월 20일 출발해서 6월 5일 귀국행 비행기를 타는 파리 노선을 검색했다. 보는 바와 같이 대한항공 183만 원, 아시아나와 루프트한자 조합 169만 원, 루프트한자 1회 경유 코스로 146만 원, 카타르항공과 에티하드항공 조합 1회 경유 117만 원으로 많은 차이가 난다. 시간은 약 7시간까지 차이는 나지만 도착 시간을 감안해서 예약한다면 일정에 무리 없이 저렴한 항공권을 구입할 수 있다.

    여기서 주의해야 할 사항은, 금액이 나왔다 할지라도 실제 구매과정에 이르면 해당 티켓이 종료된 경우가 종종 있으니 우선은 참고 사항으로 인식하고 결제까지 진행을 해 보는 것이 정확하다.

    그러면 저 금액만으로 항공사를 선택하는 것이 맞지는 않다. 일반적인 짐만 가지고 가는 경우라면 상관이 없지만, 자전거를 가지고 가는 경우라면 상황이 다른 것이다. 대부분 항공사의 경우 자전거는 특수 수하물로 구분되어 일반 수하물과 다른 요금 체계를 가지고 있는 경우가 많다. 이는 항공사의 공식 홈페이지에서 반드시 확인해야 한다. 항공사마다 자전거를 특수 수하물로 구분하고 또 그 분류 아래 스포츠 장비로 구분하여 별도의 요금 체계를 가지고 있어서 일반 항공 요금은 저렴한 반면에 자전거 화물 요금이 비싸서 되레 비싼 요금을 지불하게 되는 경우가 발생한다.

자전거

- 바퀴나 프레임, 핸들 등이 휠 수 있으므로, 반드시 페달을 분리하고 핸들을 고정시킨 후 완충제가 내장된 전용 하드케이스에 포장하셔야 합니다.
- 자전거 1대는 위탁수하물 1개로 간주합니다.
- 자전거 가방(또는 용기) 은 세변의 합이 292cm(115in) 이내인 경우 사이즈 초과 요금이 적용되지 않습니다.
- 엔진이 장착된 동력 자전거나 스쿠터, 오토바이, 제트스키 등은 화재나 폭발 가능성이 있어 수하물로 운송이 불가합니다.

〈대한항공의 자전거 수하물 규정〉

특수수하물종류	무료수하물내 포함 여부	건당 초과 비용 (RMB)				
		초과종류	최장길이	북미	한국 일본 유럽 대양주	홍콩 마카오 대만 동남아 중동 남아시아
자전거 골프 낚시도구 볼링도구 악기 아이스하키 잠수도구 활쏘기도구 사격도구 스키 스노우 보드	1건에 한해, 무료 수하물로 계산	개수 초과	길이가 158cm 보다 작거나 같을때	1000	2000	1000
		사이즈 초과	길이가 158cm 보다 크고 203cm보다 작거나 같을때	1000	1000	1000
			길이가 203cm 보다 클경우, 항공사의 운송 동의하에 운송위탁이 가능합니다.	1000	1000	1000

〈중국동방항공의 수하물 규정〉

예를 들어 중국동방항공의 경우 파리까지 140만 원이고 대한항공이 170만 원인 경우에 중국동방항공이 30만 원 저렴하다고 무턱대고 구매한 경우에 문제가 발생한다.

중국동방항공은 자전거를 포장한 경우 편도에 1,000위안의 자전거 수하물 요금이 발생하는 반면, 대한항공이나 아시아나항공은 무료다. 2010년 1월 기준 중국 환율을 보면 왕복 2,000위안, 한국 돈으로 34만 원이다. 즉, 자전거 화물 비용 포함 104만 원이 소요되므로 대한항공보다 비싼 요금을 지불하는데도 경유해서 오래 걸리는 외국 비행기를 타는 셈이니 자전거 수하물 요금이 싸거나 없는 항공사를 선택해야 한다.

아래는 일부 항공사별 자전거 수하물의 요금이 무료인지 또는 얼마인지를 일부 조사한 내용이다. 이 부분은 언제든 항공사 사정에 따라 바뀔 수 있으니 항상 항공사 홈페이지를 통해서 확인해야 한다.

대한항공	대한민국	https://www.koreanair.com/	32kg 이내이고 3변의 합이 292cm 이내일 경우 무료
아시아나	대한민국	https://flyasiana.com/C/KR/KO/index	23kg 이내이면 무료
알이탈리아	이탈리아	https://www.ita-airways.com/en_en/	32kg 이내이고 3변의 합이 300cm 이하일 경우 무료
에어차이나 (중국 국제항공)	중국	https://www.airchina.kr/KR/KO/Home	23kg 이내 크기의 규정 없이 무료
베트남 항공	베트남	https://www.vietnamairlines.com/kr/ko/home	32kg 이내이고 3변의 합이 203cm 이내일 경우 무료
중국동방항공	중국	https://kr.ceair.com/ko/	32kg 이내이고 3변의 합이 203cm 이내일 경우 1000위안(약 17만원)
에어프랑스	프랑스	https://wwws.airfrance.co.kr/	175×21.5×86cm & 23kg 이내일 경우 125유로
핀에어	핀란드	https://www.finnair.com/kr-ko	23kg 이내 100유로
루푸트한자	독일	https://www.lufthansa.com/kr/ko/homepage	23kg 이내 3변의 합이 280cm 이내 200유로

08

어떤 자전거로
가야 할까?

아무래도 자전거 여행자라면 몸에 익은 자신의 자전거로 여행을 희망할 것이다 개인마다 가지고 있는 자전거의 장르가 다르므로 내 자전거가 산티아고 순례길에 적합할지 많은 고민을 하게 된다.

자전거 종류를 너무 세분하지 말고 크게 MTB, 로드바이크, 미니벨로 등으로 나누어 볼 수 있을 것 같다. 결론부터 말하면 추천하는 것은 MTB 자전거나 투어링이다. 로드바이크나 미니벨로로 순례길을 종주하는 사람들을 보았지만, 더불어 많이 고생하는 모습도 같이 보았다. 이유는 노면이 생각보다 거칠다는 사실이다.

도보는 비포장도로가 상당히 많다. 사람이 많이 다니는 비포장도로임에도 불구하고 파쇄석이나 몽돌이 깔려 있는 경우가 많았다. 펑크라는 스트레스에도 생각보다 많이 노출된다. 그래서 풀샥은 좀 무거워서 과하고, 하드테일 MTB 정도가 적합하다고 필자는 생각한다.

MTB	미니벨로	로드
전천후 가능	자전거 화물 이동은 좋지만 비포장에서는 부적합	도보길 이용하지 않고 도로만 이용한다면 가능

　모든 것이 유리한 MTB도 한 가지 문제는 있다. 뒤에 짐을 적재했을 경우인데, 적은 무게의 짐이라면 문제없지만 그 짐의 무게가 많다면 무게 중심이 뒤로 너무 많이 쏠려 주행성이 많이 떨어진다. 먼 거리를 이동할 경우는 가벼운 자전거보다는 무거운 자전거가 오히려 승차감이 좋아 피로도를 낮추기도 한다.

　미니벨로 생장까지 이동하고 순례길 완주 후 돌아오는 길에서는 이동성이 가장 좋다. 하지만 상대적으로 작은 바퀴는 자갈이 많은 비포장 내리막이라면 안정적 주행은 사실상 어렵다. 로드바이크의 경우도 어렵긴 마찬가지다. 그래블바이크 같은 오프로드 전용이라면 모르겠지만 일반 로드바이크는 충격의 흡수도 약하여 노면 스트레스도 심할 것이다.

　또 하나의 대안은 전기바이크다. 아무래도 업-다운이 많아 체력적 소모가 많은 순례길에서 전기바이크는 좀 더 쉽게 순례를 할 수 있는 도구가 될 수 있다. 문제는 이곳에서 스페인까지 전기바이크를 옮기는 것이 쉽지 않다.

대부분의 항공사에서 전기바이크의 배터리를 수하물로 받아 주지 않고 있다. 또, 배터리를 분리했다 하더라도 전기바이크 자체를 항공사가 받아 주지 않기 때문에 현실적으로 전기바이크를 이곳에서 휴대하고 스페인으로 갈 방법은 없다. 다만 전기바이크를 꼭 활용하고자 한다면 현지에서 렌트하거나 구입하는 방법을 활용할 수 있다. 렌트나 구매처는 다음 장에서 별도로 설명하고자 한다.

또 한 가지 전기바이크의 단점은 충전이다. 배터리 용량이 충분한 자전거도 있겠지만, 렌트가 되는 대부분의 자전거는 하루 주행 거리가 50~60km 정도에서 멈춘다. 평지 기준으로는 150km 정도 주행이 가능하다고 하지만 산티아고 순례길은 평지가 아니다.

업-다운이 심하고 길도 험해서 전력 소모가 많다. 배터리를 여분으로 갖고 있지 못하다면 점심 식사를 할 때나 카페 등에서 전기 사용을 양해받고 충전을 하면서 이동해야 한다.

마지막으로 일반 도로로만 이동한다면 문제가 없지만 도보 순례길로 간다면 부득이 자전거를 끌고 언덕을 올라야 할 경우가 필연적으로 발생한다. 길이 미끄럽거나 몽돌, 거친 싱글 길인 경우 자전거에서 내려서 끌고 올라야 하는데 워킹 모드가 없는 전기바이크라면 무척 힘들 수 있다. 또, 정비 상태가 부실하다면 일반 자전거처럼 응급조치나 수리가 원활하지 않아 엄청난 고생을 할 수도 있으니 깊은 고민으로 결정을 해야 한다.

또한 MTB를 타더라도 구름 저항이 작은 도로형 타이어를 장착하는 경우가 많이 있는데, 비포장용 타이어를 추천하는 바이다. 타이어도 무겁고 구름성도 다소 떨어져서 힘은 들지만 비포장용 타이어를 장착하지 않으면 깨진 자갈이 많은 도로에서 펑크로 스트레스가 심하고 경우에 따라 낙차를 할 수도 있으니 안전상의 이유로 폭이 1.9인치 이상이 되는 타이어를 장착할 것을 추천한다.

〈폭 1.9인치 이상의 비포장 타이어 권장〉

자전거를 렌트하거나
현지 구매한다면?

한국에서 자전거를 가지고 산티아고에 가는 것은 생각보다 만만한 일은 아니다. 먼저 자전거를 분해해서 박스 포장해야 하고 파리에서 내려서 캐링백에 담아야 한다. 그리고 지하철과 TGV를 탈 때는 자전거를 메고 이동해야 하며, 현지에 도착하여 자전거를 다시 조립해야 한다. 이 모든 과정을 돌아올 때 반복해야 하는 어려움이 있다. 본인의 짐 이외에 자전거라는 짐을 추가로 어깨에 멘다는 것은 생각보다 고통스러운 과정이다.

TGV에 자전거를 거치할 수 있는 칸이 별도로 있으나 한두 대 정도의 여유만 있어서 다수의 인원이 같이 이동한다면 이용이 거의 어렵다. 그래서 한국에서 자전거를 가져가기 힘들거나 순례 전후 다른 여행이 있어서 계속 자전거를 휴대, 이동하기에 어려움이 있을 경우 자전거를 대여하거나 현지에서 저렴한 자전거를 구매할 수 있다.

먼저 자전거를 렌트하고자 한다면 스페인의 산티아고 관련 자전거 렌트 업체가 있다.

- » www.tournride.com
- » www.cycling-rentals.com/
- » www.bikenbabia.com/

이 중에서 필자가 직접 이용해 본 경험이 있는 tournride.com에 대해서 좀 더 자세히 설명하겠다. 먼저 이곳은 자전거 스펙이 나쁘지 않다. XT와 데오레급으로 이루어져 있고, 휠도 27.5인치이고 프론트샥의 성능도 나쁘지 않아서 거친 노면의 내리막길에서 안정적인 주행을 해 주었다.

Bikes

Tournride Expert 27,5"

- Derailleurs Shimano XT (back) – Deore(front.)
- Hydraulic disc brake Shimano M-395
- 20 gears
- Fork Rock Shox RS30 with Lock from steer
- Bottom bracket Hollowtech Shimano Deore or FSA equivalent
- Tournride self-sealing system

이외에도 29인치 스펙도 있으며 전기바이크도 있다. 전기바이크의 경우 105km를 주행할 수 있는 스펙이라 하니(물론 실주행은 업-다운이 많아 60% 정도만 보면 된다) 순례길의 일간 주행으로는 적절한 항속 거리를 갖고 있다.

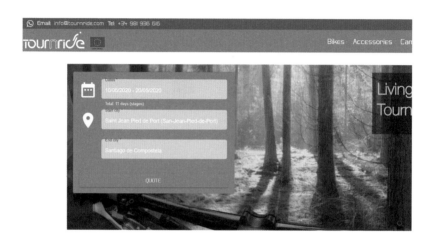

첫 화면에서 시작 시기와 종료 시기, 시작 지점과 도착 지점을 입력할 수 있고 이후 화면에서는 키는 몇 cm인지(키에 따라 맞는 자전거를 빌려준다) 어떤 자전거를 원하는지, 또 어떠한 옵션을 원하는지를 선택하게 된다(캐리어 백 등). 페달이나 안장 없이 수령할 수도 있다. 본인이 쓰는 안장과 페달을 가져가서 장착해서 활용하면 익숙하지 않은 안장에서 오는 안장통(痛)으로부터 많은 부분 도움을 받을 수 있을 것이다.

이런 형식으로 스스로의 요구를 입력하면 전체 금액이 산정되는데 자전거 대여료는 바이크에 따라 조금씩 차이가 있다. 하루 2만 원~4만 원 선이고 아래 데오레, XT급의 자전거인 경우는 하루 26,000원 정도이며 전기바이크는 조금 더 비싸다.

대여료, 생장까지 보내주는 화물 요금 등을 한 번에 견적해 준다. 이 금액을 전액 결제하고 바우처를 인쇄한 후에 생장의 택배 사무소에 찾아가면(생장 크레덴시알 발급소 바로 옆에 있다) 자전거를 수령할 수 있다. 다만 택배 사무소도 19시까지만 이용 가능하니 그 전에 자전거를 수령해서 일부 조립하는 작업을 해야 한다.

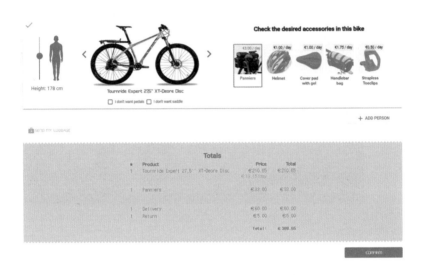

하지만 11일간 300유로 이상의 렌트비가 든다면(약 40만 원) 차라리 하나 구매하는 것은 어떨까 하는 생각이 든다. 자전거를 구매할 수 있는 경로야 얼마든지 많겠지만, 프랑스의 데카트론 매장은 저렴하면서 기준 이상의 품질이 보장되는 제품을 구매할 수 있는 스포츠용품 전문 매장 중 하나이다.

» https://www.decathlon.fr/ 데카트론 프랑스

홈페이지 주소이며 여러 가지 자전거를 보유하고 있다. 만약에 현

지에서 구매를 한다면 생장에는 데카트론 매장이 없으므로 바욘 (Bayonne)에서 구매해서 생장으로 이동해야 한다. 바욘 데카트론 주소는 다음과 같다.

▷ 21 Rue des Barthes, 64600 Anglet, France(바욘역에서 4km 거리)

하드테일 MTB의 경우 좋은 스펙은 아니지만 300유로 정도이고 하이브리드의 경우 100유로에서 120유로부터 구매가 가능하다. 물론 렌트의 300유로와 구매할 수 있는 300유로짜리 자전거라면 렌트 자전거의 품질이 더 좋은 것은 사실이다.

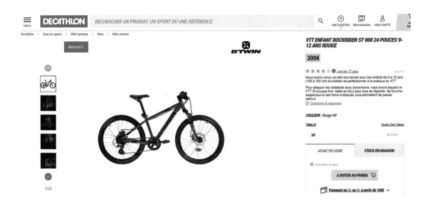

산티아고데콤포스텔라에 도착해서 자전거를 중고로 판매할 수 있으면 더욱 좋겠지만 생각처럼 만만하진 않을 것 같다.

⑩ 준비물

1) 침낭

　호텔에서만 숙박하게 된다면 침구류는 불필요하겠지만, 알베르게를 이용한다면 침낭은 필수가 된다. 대부분의 알베르게에서는 침대는 제공하지만 담요는 제공하지 않는다. 결국 순례길에 오르는 시기에 따라 적절한 침구류의 휴대가 필요한데 봄, 가을, 겨울에는 침낭이 필수이고 여름에는 얇은 라이너 같은 것이면 충분하다. 다만 지역마다 기온 차가 많이 발생하니 잘 때 체온 관리에 유의해야 한다.

　베드버그(빈대) 문제도 어느 정도는 스스로를 보호할 수 있는 방법이 될 수 있다. 침낭은 너무 큰 것을 가져가면 무게나 부피가 커 짐이 되는 경우가 많으니 700g 내외의 초경량 침낭이 부피도 작고 무게도 가벼워 여행에 적합하고 시중에서 3만 원에서 5만 원 정도의 제품이면 충분할 것이다.

2) 우비

까미노를 달리며 비를 한 번도 맞지 않으면
좋겠지만 그런 확률은 기대하기 어렵다. 순례
길의 경우 월평균 3일 중에 하루는 비가 올 수
있으니 대비가 반드시 필요하다. 도보 여행자
들은 배낭까지 같이 덮는 판초 우의가 편할
수 있으나, 자전거 여행자들은 라이딩에 불편
할 수 있다. 상하의가 따로 있는 제품은 부피
가 너무 많이 나가므로 반코트 정도의 길이에
팔은 별도로 있는 제품을 권장한다.

3) 슬리퍼

슬리퍼가 왜 필요할까 의문을 가질 수 있지만, 하루 라이딩을 마치
고 마을에 도착하면 알베르게 내에서 씻거나 화장실, 식당으로 이동
도 해야 하고 마을에서 산책도 하게 되는데, 라이딩 중 신었던 슈즈보
다는 슬리퍼가 있으면 편안한 오후를 즐길 수 있다. 생각보다 중요한
아이템이다.

4) 부품

순례길에 자전거 수리 샵 등이 많이 보이지 않는다. 물론 팜플로나,
부르고스, 레온 등 대도시에는 많이 있겠지만 군소 도시에서 찾기는

쉽지 않다. 그래서 부피가 작고 자가 수리가 필요한 부품은 휴대해야
한다. 파손되면 운행이 불가능한 행어, 튜브, 체인링크, 변속 케이블,
브레이크 패드 등은 수리 방법을 숙지하고 또 휴대하고 있으면 좋다.

체인링크는 본인 기어 단수에 맞는 것을 준비하면 되지만 행어는 자
전거마다 달라 거의 호환이 되지 않는
다. 자전거를 구입한 대리점을 통해 해
당된 자전거의 행어를 문의하고 맞는
부품을 항상 준비하는 것이 좋다.

또한 타이어가 찢어지는 경우도 종종
발생하는데 찢어진 범위가 넓지 않다면
지폐나 사포 등을 안에 잘 덧대면 응급
용으로는 어느 정도 활용도 가능하다.

5) 공구

펑크 수리 키트는 기본이며 펑크 수리
정도는 순례길에 오르기 전에 필히 손
에 익히고 출발하기 바란다. 이외 육각
렌치, 공기 주입 펌프 등은 기본적인 공
구이고 항공용으로 포장된 자전거를 분
해·조립할 공구는 반드시 지참해야 한
다. 핸들, 싯 포스트, 바퀴, 페달은 분해
가 되므로 이것에 관련된 공구는 지참해
야 한다. 특히 페달은 장착 가능한 공구

가 자전거마다 다를 수 있으니 적합한 공구를 반드시 확인해야 한다.

6) 복장

복장은 선택의 문제이고 사람에 따라서 여러 벌 가지고 가고 싶은 사람도 많겠지만, 짐은 무조건 줄이는 게 현명하다. 불필요한 옷을 많이 가지고 다니는 것보다는 알베르게에 세탁기와 건조기가 많이 설치되어 있으니 세탁해서 매일 입는 것을 권장한다(대개 유료이며 세탁기, 건조기 모두 3~5유로 정도이다).

날씨는 우리나라와 대체로 비슷하지만 고도가 높은 곳이 많아 좀 더 추운 곳도 많다. 약간 두꺼운 장갑, 초경량 패딩 같은 것도 필요하다. 추운 시기를 택한다면 비 맞는 우중 라이딩을 예상하여 방수 장갑 준비를 권장한다.

필자의 경우는 라이딩 때 입을 옷 한 벌과 잘 때 입을 옷 한 벌, 그리고 추운 날 입을 방수 자켓이 전부였다. 비행기를 타고 이동할 때는 잘 때 입을 편한 옷을 입었고, 라이딩을 종료하면 라이딩 복은 그날그날 세탁, 건조해서 다음날 입곤 했다.

7) 식료품

매일 먹는 순례자 정식도 지겹게 된다. 대부분의 알베르게에 취사 시설이 있어 이용할 수 있는데, 라면 스프, 고춧가루, 짜장 가루 등은 부피도 작고 한국의 음식 맛을 즐길 수 있을 것 같다. 3분 짜장 같은 것은 부피도 크고 기내 반입이 어렵다. 차라리 짜장 가루를 가져가면 쌀과 감자, 양파, 고기 등을 현지 구매해서 짜장밥을 해 먹을 수 있다.

같은 방식으로 고체 카레 등을 가져가면 카레밥도 해 먹을 수 있다. 고춧가루 양념을 조금 만들어 가면 양배추나 양상추 같은 것으로 겉절이를 할 수도 있고 라면 스프는 스파게티 면을 삶아서 라면처럼 먹을 수도 있다.

8) 의약품

비에 맞아서 감기 기운이 생기거나, 음식이나 물이 맞지 않아 설사 증상을 보이거나, 베드버그 등에 물리는 경우가 있기 때문에 감기약, 지사제와 베드버그 기피제와 물렸을 때 바르는 약과 먹는 약이 필요하다. 다만 감기약과 지사제는 본인과 맞는 약을 한국에서 가져가고 베드버그 관련 약품은 현지 제품의 효능이 훨씬 뛰어나니 현지 구매가 유리하다.

9) 수건

알베르게에서는 수건을 주지 않는다. 본인 것을 매일 휴대해야 하며 스포츠 타월 같은 것을 활용하면 휴대성과 건조성이 좋다.

10) 기타

• 위생용품: 비누, 칫솔, 치약, 면도기 등 일회용품은 제공되지 않는다.
• 선크림: 스페인의 햇살은 생각보다 강렬하니 선크림은 필수다.

- 귀마개: 알베르게에서 코를 고는 사람이 나를 괴롭힐 수 있다.
- 여권 사본: 필히 핸드폰으로도 찍어 놓기 바란다.
- 비닐 봉투: 여분 몇 개 꼭 필요하다.
- 실, 바늘, 옷핀: 종종 꼭 필요한 일이 생긴다.
- 손톱깎이: 일정이 길다 보니 의외로 필요해진다.
- 자물쇠: 자전거용 케이블 자물쇠를 준비해야 한다. 대도시에 도둑이 많다.

(11) 시작점, 생장(Saint Jean Pied de Port)까지 이동하는 방법

생장으로 이동하는 방법은 스페인으로 입국하는 경우와 프랑스로 입국하는 경우에 따라 달라진다. 스페인으로 입국하는 경우에는 팜플로나까지 기차 혹은 항공으로 이동한 후, 팜플로나에서 버스나 택시를 이용하여 생장까지 이동하는 방법이 있고 프랑스 파리로 입국할 경우 바욘(Bayonne)까지 항공이나 TGV를 타고 이동한 후 다시 바욘에서 생장까지 기차로 이동하게 된다.

가장 일반적인 파리에서 생장까지 이동하는 방법에 대해 구체적으로 알아보겠다.

파리에 도착하고 나면 파리 시내로 이동하여 숙박을 할 수도 있고 당일 바로 생장으로 이동할 수도 있지만, 오후에 파리에 도착한다면 다음 날 생장으로 이동하는 것이 시간상 가능한 여정이라고 보면 된다. 자국기를 이용할 경우 파리 도착 시간은 대개 오후 6시 내외라서 다음 날 TGV를 이용하는 것이 현실적이다. 파리에서 생장으로 거쳐 산티아고 순례길로 이어지는 이동 동선을 그림으로 보면 다음과 같다.

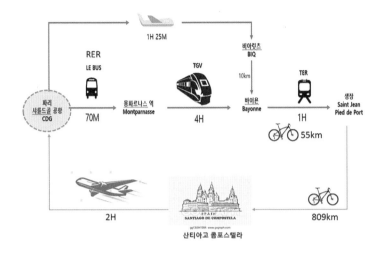

우리가 파리에 도착하는 공항은 샤를 드골 공항이 대부분인데 이곳에서 내려서 바욘으로 이동하여야 한다. 이는 TGV 타고 이동할 수도 있고 항공편을 이용할 수도 있다. 만약 항공편을 이용한다면 지하철을 이용하여 국내선 청사로 이동하여야 한다. 그곳이 1 터미널이다. 한국에서 출발한 비행기가 2 터미널에 도착했다면 이동 시간은 10분 정도이며, 이곳에서 이지젯(easyJet) 같은 항공을 이용하여 비아리츠로 이동하게 된다.

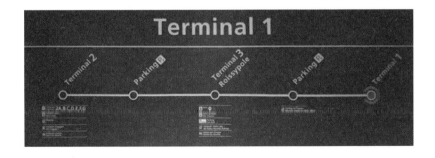

바욘에는 공항이 없기 때문에 바로 옆 도시인 비아리츠로 가게 되며 항공 이동 시간은 1시간 25분 정도 소요된다. 비아리츠에서 내린 후 바욘역까지의 거리는 약 10km 정도이니 자전거를 조립해서 타고 이동할 수도 있고 버스를 탄다면 50분 정도 소요된다.

개인적으로 추천하는 방법은 몽파르나스역에서 바욘까지 TGV를 이용하는 것이다. 기차를 통해 프랑스의 전원 풍경을 보는 재미도 쏠쏠하고 오랜 비행으로 지친 상태라서 개인적으로는 기차 여행을 추천한다. 그 TGV의 시작은 파리 중심에 위치한 몽파르나스역인데 이곳까지는 RER이나 버스 등을 이용하여 이동하여야 한다.

RER은 우리의 공항 철도 같은 지하철로 이해하면 된다. 요금은 10 유로 정도이고 지하철 4호선으로 환승해야 하는 불편이 있다. 반대로 시간은 조금 더 걸리고 요금도 18유로 정도로 조금 비싸지만 환승 없 이 편하게 갈 수 있는 버스도 있다. 공항에서 시내로 이동하는 르버스 (RE-BUS)라는 것인데 공항 리무진 버스로 이해하면 된다. 4개의 노선 을 보유하고 있고 몽파르나스까지는 4번 노선을 이용하면 된다. 4번 노선은 샤를 드골 공항에서 출발하여 리옹역(Gare de Lyon)을 거쳐서 몽 파르나스역까지 이동하며 이동 시간은 70분이다. 배차 시간은 30분 이며 매시 15분과 45분마다 출발한다.

몽파르나스에 무사히 도착했다면 이제 TGV를 이용해서 바욘까지 이동해야 한다. 바욘까지 가는 TGV는 한국에서 미리 홈페이지를 통 해서 미리 승차권을 구매하여야 하며, 자전거를 분해하거나 포장하여 휴대한다는 사실을 미리 등록하여야 한다.

홈페이지 주소는 WWW.OUI.SNCF이며 이곳에서 예매를 진행한다. 이 사이트는 프랑스어로 시작하기 때문에 영어가 편한 사람은 상단의 언어 선택을 영어로 바꾸는 것이 편하다. 안타깝지만 한국어는 아직 적용되지 않고 있다.

최초 사이트에 접속하면 다음과 같은 화면인데 이곳에서 입력하게 된다.

- From: 시작하는 지점이므로 Gare Montparnasse(몽파르나스역)을 입력한다.
- To: 목적지이므로 Saint Jean Pied de Port(생장)를 입력한다.
- Outbound: 열차 탑승일을 입력한다.

이후 승객의 숫자를 체크하고 나이대까지 선택하여야 한다.

자전거를 휴대할 경우 하단의 Add Bike(s)를 반드시 체크해야 한다. 다음과 같은 메시지가 나오는데 첫 번째는 자전거가 없다는 뜻이고 두 번째는 접히지 않고 분해되지 않는 자전거이며 일등석을 사용할 수 없다고 되어 있다(이 경우 별도 요금이 부과된다). 자전거를 분해하지 않고 완차로 열차에 승차할 수 있는 것인데, 이 경우 열차 한 대의 T/O 가 1~2대뿐이고 거의 예약이 되지 않는다. 혼자 여행할 경우 혹시 성공할 수 있으니 도전해 볼 수 있지만 다수의 인원이 같이 움직이는 경우라면 기대하기 어렵다. 세 번째는 접히거나 분해되어 특수 포장된 자전거라고 되어 있다(이 경우는 별도 요금이 부과되지 않는다). 우리가 선택해야 할 항목은 이것이다.

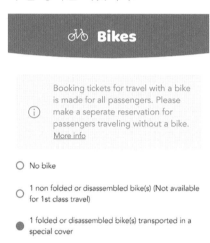

마지막 세 번째를 선택하고 캐링백 등으로 자전거를 포장한 상태로 TGV에 오르는 것이 유리하다는 것이다. 만약 자전거의 완차 상태로 탈 수 있는 티켓을 확보하지 못한 상태에서 완차로 TGV에 오르면, 몰랐다 하더라도 100유로 정도의 과태료가 현장 부과되니 주의하여야 한다.

그 이후, 검색 결과를 보면 아래와 같이 탑승 가능한 시간, 또 이등석과 일등석의 요금이 나오는데 주의할 것은 이곳 TGV의 요금 체계는 우리의 KTX처럼 고정적이지 않고 항공 요금처럼 그때그때 다르다는 것이다. 시즌에 따라 다르고 내일 열차를 예매한다면 200유로 가까이 오르기도 한다. 미리미리 예매하는 것도 효율적 구매 방법 중의 하나이다.

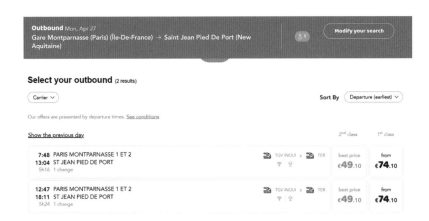

보통 1일 4편 정도의 TGV가 운행되며 TGV에서 TER(지방 열차)로 환승하게 되는데, 7시 48분 첫 열차가 환승 시간이 13분으로 제일 짧고 (아래 시간표 참조) 오래 기다릴 경우는 1시간이 넘는다. 즉, 환승 시간의 차이로 전체 시간이 길어질 수 있으니 이 점 참조하여 열차 스케줄을 확정하는 것이 좋다.

예약된 내용으로 기차에 탑승하여 바욘까지 도착했다면 생장까지 가는 기차로 환승해야 한다. TER(지방 열차)로 환승해야 하는데 13분밖에 없어서 환승할 수 있는가 하는 불안을 가질 필요는 없다. 지하 통로를 이용해서

이동 시간은 5분이 걸리지 않고 해당 플랫폼을 찾기도 어렵지 않다.

TGV 자체의 문제로 기차가 연착되는 경우도 발생한다. 기상의 문제 또는 열차 고장, 파업 등의 이유로 연착되어 TER를 환승하지 못한 경우가 있지만 다음 TER를 타도 되고, 타지 못할 경우에는 역에서 택

시 또는 버스를 무료로 이용하도록 도와주므로 크게 걱정할 필요는 없다(물론 적극적으로 택시를 알아봐 주지 않는다. 말만 그럴 뿐 다음 기차까지 시간을 때우기도 한다).

이렇게 예매를 마치게 되면 열차 바우처를 이메일로 받게 되는데 A4용지에 출력해서 가도 되고 스마트폰에 다운받아 갈 수 있다. A4용지에 출력해 가져갈 경우 QR 코드가 잘 인쇄되어 있는지 확인한다. 탑승 시 플랫폼 입구에서 QR 코드를 읽어 입장을 시키므로 반드시 준비해 가야 한다.

준비된 티켓을 갖고 몽파르나스역에 도착했다면 플랫폼과 대합실이 같은 층에 있으므로 승차장을 찾는 것은 어렵지 않다. 인쇄해 간 E-티켓이 승차권 자체이므로 별도의 발권이 필요하지 않다. 교환 없이 그대로 사용하면 되며 별도의 펀칭 작업 등은 없다. 플랫폼 입구와 열차 안에서 승무원이 QR 코드를 확인한다. 승차 플랫폼이 어딘지 전광판을 통해 확인하면 되는데 출발 20분 전에 표시된다.

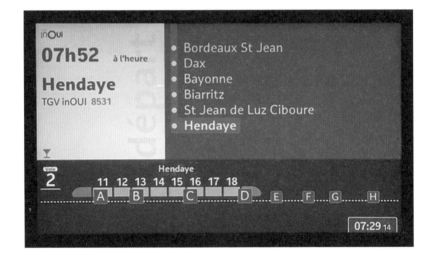

기차 번호를 확인하고 해당 플랫폼으로 가면 되는데, 플랫폼 입장은 인쇄해 간 E-티켓의 QR 코드를 찍으면 입장할 수 있다. 해당 기차 번호와 COACH(기차의 몇 번째 칸인지를 알려 주는 객차 번호)를 확인하고 승차하면 된다. 이따금 기차의 앞부분(뾰족한 조종석 열차)끼리 연결된 경우가 있어서 다른 칸으로 이동이 어려울 수 있다. 아무 칸이나 타서 다른 객차로 옮겨 가기 어려울 수 있으므로 가급적 플랫폼의 안내원에게 티켓을 보여 주고 정확한 COACH를 확인받는 것이 좋다.

필자의 경험 중 심한 바람으로 기차가 5시간 정도 연착한 적이 있다. 이 경우 도시락도 무료로 제공되고 마일리지 등의 보상도 제공된다. 우리나라보다는 연착의 경우가 상대적으로 많다. 또 열차 파업의 경우가 많다고 하니 사전 예약에서 변동성에 대한 준비를 하면 좋겠다.

위의 사진은 바욘에서 생장으로 이동하는 TER의 티켓을 인쇄한 것이다. 바욘에 도착하게 되면 생장으로 가는 기차로 환승해야 하는데, 이것이 TER 열차이다. 플랫폼이 다르지만 환승에 필요한 시간은 5분이면 충분하다. TER는 2량짜리의 작은 열차인데 지정석도 아니고 자전거가 포장될 필요도 없다. 자전거가 완차이거나 포장된 상태라도 상관없이 탈 수 있다. 바욘에서 환승하는 시간에 여유가 있다면 이 시간을 활용하여 자전거를 조립해 놓는 것도 좋다. 생장역에 내리면 바로 알베르게 숙소 등으로 이동해야 하는데 시간을 절약할 수 있기 때문이다.

(12)

순례자 여권
발급받는 법

산티아고 순례길을 완주 후 인증서를 받기 위해서는 순례자 여권(크레덴시알, Credencial)을 발급받고 이곳에 성당, 숙소, 식당, 카페 등에서 세요(Sello, 스탬프, 도장을 뜻한다)를 받아야 한다.

그렇게 종주한 구간의 스탬프를 찍어서 산티아고에서 제출하면 인증서를 받게 되는 것이다. 크레덴시알은 국내에서 미리 발급받아 갈 수도 있고 현지에서 직접 발급받을 수도 있다. 비용도 비슷하고 나중에 순례 완주 인증서를 받는 것에는 아무런 차이가 없다. 다만 미리 발급받으면 좀 더 편리하고 현지에서 발급받으면 순례길의 한 과정을 더 즐기는 것으로 볼 수 있다.

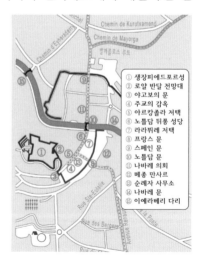

① 생장피에드포르성
② 로얄 반달 전망대
③ 야고보의 문
④ 주교의 감옥
⑤ 아르캉졸라 저택
⑥ 노틀담 뒤퐁 성당
⑦ 라라뷔레 저택
⑧ 프랑스 문
⑨ 스페인 문
⑩ 노틀담 문
⑪ 나바레 의회
⑫ 메종 만사르
⑬ 순례자 사무소
⑭ 나바레 문
⑮ 이에라베리 다리

● 생장에서 발급받는 법

생장에서 발급받는 것이 일반적이다. 생장에 도착하면 순례자 사무소를 찾아야 한다. 위의 약도로 보면 나폴레옹 길과 발카를로스 길이 갈라지는 도로에서 강을 건너 노트르담 문을 지나 언덕으로 올라오면 순례자 사무소가 나타난다.

구글 지도에서는 Pilgrim Information Office로 검색하면 쉽게 찾을 수 있다. 운영 시간은 요일마다 다소 차이는 있지만 대개 07시 30분부터 시작해서 20시까지다. 큰 간판 같은 것이 없으니 건물의 모습을 미리 알아 두면 찾기 쉽다.

〈이 간판도 없는 건물에 들어서면 인자한 표정의 부인들이 친절하게 맞아준다.〉

신청서를 받게 되는데 이름, 국적, 주소, 순례 방식, 여권 번호 등을 기재하면 된다. 그러면 크레덴시알과 순례길에 대해 기초적인 설명을 해 준다. 오늘 묵을 숙소는 어디에 있는지, 내일 출발하면 어느 길로 가면 되는지 등을 쉬운 영어로 천천히 알려주니 영어에 다소 자신이 없어도 겁먹을 필요는 없다. 비용은 2유로다.

그러면 다음과 같은,순례자 여권을 발급받게 되고 이후 여행하며 한 칸씩 세요를 찍으면 된다.

13

순례길에서
길 찾는 법

　많은 사람이 출발하기 전 크게 걱정하는 부분이다. 스스로 길치라고 생각하는 사람도 많고 초행길에 대한 불안감으로 모르는 길에 대한 막연한 두려움을 갖게 되는 것으로 보인다. 더욱이 외국이니 그 두려움은 더욱 커질 것이다. 하지만 산티아고 순례길에서 길을 제대로 찾아가는 것은 생각보다 쉽다.

　다소 혼선을 겪을 수는 있지만 표지판이나 표식도 많이 있는 편이고 약도와 스마트폰을 통해 편안한 길 안내를 받을 수 있기 때문이다. 더욱이 우리는 순례자의 복장을 하고 있고 스페인 사람들의 친절은 과한 편이어서 우리가 길을 잃으면 묻기 전에 그들이 먼저 다가와 저쪽으로 가라고 친절을 베푸는 경우도 종종 많이 일어난다.

　길을 찾는 방법은 표식을 활용하는 법, 약도를 활용하는 법, 안내 홈페이지를 활용하는 법, 그리고 지도와 GPX 파일을 활용하는 법이 있을 것 같다.

1) 안내 표시

　순례길에서의 표식은 생각보다 많다. 길의 분기점에 화살표를 그려 놓아서 순례자들이 혼선이 없도록 하고 있는데 어떤 표지판을 붙여 놓은 것이 아니라 대부분 저 사진처럼 바위, 나무, 벽 등에 페인트로 거칠게 그려 놓았다. 생각보다 많아 길을 찾는데 어렵지 않다. 또한 표시석 등을 통해서 산티아고데콤포스텔라까지 몇 km가 남아 있는지도 계속 보여 준다. 100km와 0km 표시석은 랜드마크가 되기도 한다.

2) 약도

대한민국 순례자 협회 홈페이지(caminocorea.org)에서 구할 수 있다. 도보 여행자 기준으로 하루에 걸을 수 있는 20~25km 단위마다 한 장씩 약도를 만들어 놓았고, 주변에서 꼭 보아야 할 주요 포인트까지 설명해 놓아서 활용도가 좋다.

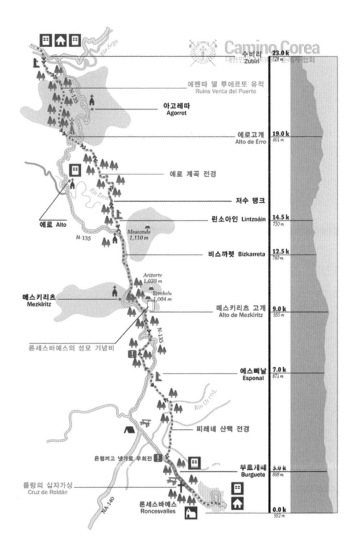

3) 그론세닷컴

애플리케이션은 아니며 모바일이나 PC에서 그론세닷컴(gronze.com) 홈페이지에 접속해서 약도를 볼 수 있다. 고도까지 좀 더 정밀하게 볼 수 있고 지역에 대한 설명, 알베르게 정보 및 예약까지 가능해서 가장 실용적이다. 프랑스 길뿐만 아니라 대부분의 루트를 확인할 수 있다.

4) GPX 파일

필자가 운영 중인 「자전거 타고 산티아고」 페이지 밴드에서 다운받을 수 있다. 네이버 밴드에서 '자전거 타고 산티아고'를 검색하면 밴드와 페이지가 나오는데 여기에 들어가면 확인할 수 있고 네이버의 운영 특성상 파일의 유효기간이 종료될 수 있으니 다운로드가 되지 않으면 댓글로 신청해주기 바란다.

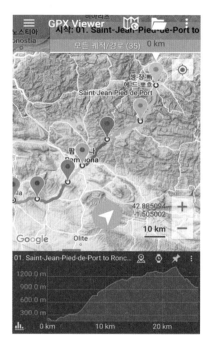

⑭
알베르게 이용법

순례길에서는 편안한 호텔에서 숙박할 수도 있지만 비용도 많이 들고 작은 마을에 호텔이 없는 경우도 많다. 또 알베르게를 통하는 것이 순례길의 정석을 달리는 것이라 할 수 있겠다.

이유는 순례길에 대한 원래의 목적은 성당을 순례하며 산티아고에 도착하는 것이었고 성당에서 운영하는 공립 알베르게에서 하룻밤을 묵을 수 있었던 것이다. 순례길이라 함은 원래 편안함이 보장되는 관광이 아니기에 약간의 고생스러움은 순례의 일부라고 생각할 수 있는 것이다.

다만 순례자가 점점 늘어나는 추세에 있고 알베르게의 공급은 한계가 있어서 저렴하고 좋은 알베르게는 자리를 만들기가 쉽지 않을 수 있다.

알베르게는 크게 공립과 사립으로 나뉘는데 공립은 5유로~10유로 정도로 저렴한 편이지만 대신 사람도 많고 예약도 되지 않는다. 선착 순으로 운영되어 일찍 도착하지 않으면 자리가 없다. 겨울 등 한적한 시기가 아니라면 경쟁률이 치열하다고 볼 수 있다.

또 공립은 기부 제도로 운영되기도 하는데 기부제를 무료로 생각하 지 말아야 한다. 기부된 돈으로 알베르게도 운영하기 때문에 적자가 누적되어 문을 닫기도 한다고 한다. 최소한의 시세에 준하는 금액을 기부하는 다음 사람을 위한 마음가짐이 필요하다.

사립 알베르게는 12~20유로까지 다양하다. 베드버그 등의 두려움 을 호소하지만 대부분의 알베르게는 방역 작업에 충실하다. 신고가 발생하면 영업 정지 등의 페널티가 있기 때문이다. 대부분 침대와 베 개에 일회용 시트를 제공해서 안심하고 이용할 수 있다.

우리와 다른 문화는 혼숙이다. 남녀가 한 방에서 여럿이 같이 이 용을 하고 가끔은 침대가 바짝 붙 어 있기도 해서 난감한 경우도 발 생할 수 있다. 여럿이 이용하는 만큼 에티켓도 중요하고 도난에 대한 준비도 해야 한다. 아주 사 소한 도난이 종종 발생한다.

담요는 제공하는 곳도 있지만 없는 곳도 많아 개인 침낭은 필수 로 가져가야 한다. 칫솔이나 비 누, 수건 등의 위생용품은 일절

제공하는 곳이 없으니 개인용으로 준비해야 한다. 전기는 220V로 우리의 콘센트와 유사하다. 하지만 미세하게 달라서 가끔 맞지 않는 경우도 있다. 알베르게에 입실하면 확인해야 할 것은 석식이나 조식은 판매하는지, 와이파이 비번은 무엇인지, 정문을 혼자 나갔다 들어오려면 비밀번호는 무엇인지, 체크아웃 시간은 언제인지 등에 대해서 자세히 물어보아야 한다. 또 세탁기와 건조기에 대해 이용 요금과 사용법에 대해 설명을 들어 두는 것이 좋다.

중요한 것 한 가지는 우리나라 자전거 이용객 중에 고급 자전거를 가지고 순례길에 오르는 경우가 많은데, 본인의 자전거가 너무 소중한 나머지 객실 내 자전거를 보관하려는 사람이 종종 발생한다. 앞서 이야기한 바와 같이 이곳의 위생은 그들이 스스로 책임져야 하기 때문에 대부분의 경우 객실 내 자전거 보관을 허용하지 않는다. 자전거가 걱정된다면 별도의 창고 등을 요청할 수 있다.

알베르게 예약은 애플리케이션 안내에서 다루었던 그론세닷컴(gronze.com)에서 예약이 가능하고 또 부킹닷컴(booking.com) 등을 통해서 할 수 있다.

(15)

순례길에서의 식사

순례길에서의 식사는 알베르게나 레스토랑, 카페 등에서 하게 된다. 보통 알베르게에서 제공하는 조식은 5유로 정도이고 메뉴는 집마다 약간의 차이가 있다. 보통 바게트, 식빵, 버터와 잼, 우유, 주스, 커피, 시리얼 정도로 생각하면 되는 간단한 식사다. 보통 자전거를 타는 우리는 이렇게 간단히 아침을 먹고 오전과 오후에 각각 한 차례의 간식을 챙겨 먹곤 했다.

보통의 레스토랑에서의 정식과 같이 순례자 정식도 두 가지 코스로 구성되어 있다. 첫 번째 코스에는 샐러드나 수프, 파스타 등 간단한 음식으로 구성되어 있는데 메뉴 중에서 하나를 선택하면 된다. 두 번째 코스는 대개 고기 종류다. 대개 소고기, 돼지고기, 닭고기와 가끔은 토끼고기 등도 있다. 마찬가지로 한 가지를 선택하면 된다. 양은 충분히 많은 편이고 금액은 12~15유로 정도가 많다.

　스페인어 중 아래 정도는 외우고 있으면 메뉴판을 보고 주문할 때 많은 도움이 된다.

물: Agua(아구아)	쥬스: Jugo(주고)	맥주: Cerveza(세르베사)
와인: Vino(비노)	레드: Tinto(틴또)	화이트: Blanco(브랑코)
소고기: Vacuno(바쿠노)	돼지고기: Cerdo(세르도)	닭고기: Pollo(뽀요)

　요즘은 구글 번역기 앱을 보면 메뉴판을 카메라로 찍으면 어느 정도 번역을 해 주니 많은 도움이 된다.

취사가 가능한 알베르게라면 슈퍼마켓(Supermercado)에서 식재료를 사서 직접 요리해 먹는 것도 좋은 방법이다. 가격도 저렴하지만 요리에 조금 자신이 있다면 좀 더 입맛에 맞는 음식을 즐길 수 있을 것 같다. 출국할 때 짜장 가루나, 카레 가루 등을 가져가면 현지에서 감자와 양파 햄이나 고기 등을 사서 짜장밥이나 카레밥도 해 먹을 수 있고 라면 스프를 이용해서 얼큰한 국물 맛을 즐기고 파스타 면을 넣으면 라면 비슷한 맛도 즐길 수 있다.

소도시에는 없지만 팜플로나, 로그로뇨, 부르고스, 레온, 폰페라다, 산티아고데콤포스텔라 같은 대도시에는 중국 슈퍼마켓(China Supermercado)이 있다. 이곳에서 한국 음식인 라면이나 한국 과자 같은 음식도 판매하고 가끔은 소주도 구할 수 있다.

단품으로 식사를 하게 될 경우도 많으므로 스페인 음식에 대한 간단한 소개를 한다.

1) 하몽(Jamon)[1]

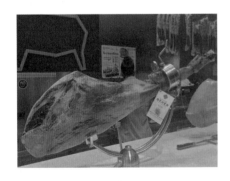

모두가 알 만한 메뉴지만 그렇다고 뺄 수는 없다. 절여 말린 돼지고기 '하몽'은 스페인 영화 「하몽 하몽」으로 익숙한 이름이다. 보통 그냥 먹기도 하고 바게트 등에 샌드위치처럼

---

[1] 스페인어에서 J는 ㅎ 발음이 된다.

치즈나 야채를 곁들여서 넣어 먹으면 된다. 스페인 곳곳의 레스토랑에서 볼 수 있는데 곰팡이가 핀 듯한 넙적 다리를 매달아 놓고 썰어 팔기에 조금 거부감이 들지만 좋은 것은 정말 맛있다. 짭짤하면서 고소하고 쫄깃한 맛이 일품이다. 가격대가 다양한데 최고급 하몽은 엄마 돼지, 아빠 돼지 모두 이베리코 순종이어야 하고 야생 방목되어서 도토리와 녹초만 먹고 자라야 한다. 그렇게 자란 순종 돼지의 뒷다리를 소금에 절여서 2~3년 숙성을 시킨다고 한다. 우리에겐 제일 저렴한 뒷다리 부위지만 이베리코는 가장 비싼 부위가 되는 셈이다. 개인적으로 맥주 안주로 제격인 것 같다.

2) 타파스(Tapas)

타파스는 어느 특정 음식을 말하는 것이 아니라 일종의 반찬 같은 여러 가지 음식을 말한다. 우리로 말하면 안줏거리, 간식거리일 수 있고 중국에서는 딤섬처럼 여러 가지 요리를 칭하는 뜻이기도 하다. 그래서 타파스 바(Bar)라는 곳에서는 여러 가지를 팔면서 우리는 그중에 입에 맞을 만한 것을 골라 주문해 먹는 것이다. 다시 말해 대단한 요리는 아니지만 작은 접시에 담겨 나오는 다양한 종류의 음식을 맛보는 재미가 있다. 간단한 올리브, 햄 등 여러 가지가 있으며 시장에서도 먹을 수 있고 타파스 바에서도 판다.

3) 칼라마리스(Calamares)

칼라마리스는 스페인어로 오징어다. 음식점에 가면 사람들이 어니언링처럼 둥근 모양의 튀김을 먹고 있다면 그것이다. 생각하는 오징어튀김 그 맛 그대로다. 식료품점에서 냉동 칼라마리스를 사서 튀기지 않고 오징어볶음을 해 먹었는데 정말 맛있었다.

4) 파에야(Paella)

대표적인 스페인 요리이고 우리 입맛에도 잘 맞아서 아마 자주 먹을 만한 음식일 것 같다. 원래 파에야란 '넓적한 팬'을 뜻한다. 이 팬에 올리브기름을 두르고 양파, 마늘 등의 채소와 돼지고기, 닭고기, 또는 해산물 등을 넣어 볶다가 쌀과 사프란이라는 노란색 향료를 넣어 만든 요리이다. 철판볶음밥 같은 느낌이다.

재미있는 것은 스페인 사람들도 팬 바닥에 눌어붙은 누룽지를 좋아한다고 한다. 이탈리아의 스파게티처럼 대중적인 음식이라서 거리의 노천 식당에서 쉽게 접할 수 있다.

5) 폴포(Pulpo)

스페인 요리에서 빼놓을 수 없는 것이 폴포, 문어 요리다. 보통 올리브오일에 볶거나 구운 문어를 삶은 감자, 파프리카 등과 같이 먹는 요리다. 우리나라에서 문어는 대개 삶아서 슬라이스 커팅해서 먹게 되는 경우가 많은데 적당히 삶

아야 질기지 않고 맛있듯이 스페인 폴포도 굉장히 연하고 맛있다.

6) 감바스 알 아히요(Gambas al ajillo)

감바스는 새우, 아히요는 마늘 소스를 뜻한다. 즉, 올리브오일에 새우, 마늘, 고추 등을 넣고 끓인 음식이다. 마늘 기름이 가득 밴 새우이니 맛이 없을 수가 없다. 그 기름을 빵에 찍어 먹어도 맛있다. 우리 한국인 입맛에 이것도 딱 맞다.

7) 코치니요 아사도(Cochinillo Asado)

새끼 돼지를 통구이 한 것이다. 머리까지 그대로라서 사람에 따라 거부감이 들긴 하지만, 돼지의 배 속에 마늘 등이 양념과 와인 등을 발라서 가마 속에서 바삭하게 구운 것이다.

비싸지만 한 번은 먹어 보아야 할 음식이다. 순례길의 레스토랑에서는 먹기 어렵고 대도시에 가서 전문 음식점을 찾아야 한다.

8) 와인

와인은 프랑스, 이탈리아와 함께 유럽을 대표한다. 유럽에서 스페인이 가장 넓은 포도원을 가지고 있고 순례길 중 라리오하 지방이 특히 유명하다. 순례길을 달리면 수많은 포도밭을 지나가게 되는데 스페인 와인은 등급 관리가 철저하다고 한다.

최상급 DDC , DO 등 어려운 이야기가 많은데 쉽고 단순하게 찾자면 우리가 가는 스페인 북부 지방인 라리오하 지방은 와인이 맛있기로 유명하다. 이곳의 포도 품종이 특별해서 워낙 세계적 명성이 있다고 한다. 실제 라리오하 지방의 포도를 먹어 보면 정말 맛있다. 그림처럼 '리오하'가 써 있거나 원산지에 '라리오하'가 적혀 있으면 믿고 먹어도 99% 맛있는 와인이라고 한다.

16

베드버그 대응법

유럽이나 남미 여행에서 여행자를 공포로
몰아넣는 것이 베드버그이다. 유럽 빈대라고
이해하면 되는데, 대개는 많이 가려운 경우로
끝나지만 알레르기 반응이 심한 사람은 정상
적 여행이 불가능하기도 하다. 물론 그런 경우
가 순례 여행 자체를 걱정할 정도의 빈도가 있는 것은 아니라서 주의
만 한다면 큰 문제가 있는 것은 아니다.

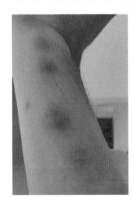

베드버그의 증상은 혈관을 따라서 지속적으
로 물린다는 것이다. 이 베드버그는 숙소에서
기생하고 있다가 투숙객에게 피해를 입히는
것보다는 대부분은 순례자가 밖에서 끌고 들
어가는 경우가 많다고 한다. 풀숲에서 아무 곳
이나 앉거나 눕지 말아야 한다. 그때 가방이나
옷에 딸려 가는 경우가 많다고 한다.

알베르게 숙소는 베드버그 등의 위생 문제가 발생할 경우 영업 정지 등의 페널티가 있어서 나름 위생에 만전을 기한다고 하니 우리는 우리 스스로 지킬 방법만 찾으면 된다.

베드버그에 대응할 의약품은 기피제와 물렸을 때 먹는 약과 바르는 약이 있다. 한국에서 모기 물렸을 때 바르는 버물리 등의 약제는 전혀 도움이 되지 않는다고 하니 미리 준비해 갈 필요는 없다. 현지 약국에서 기피제, 바르는 약, 먹는 약 모두 구입해서 사용하면 된다. 현지 약국은 Farmacia(파르마시아)라는 간판을 찾으면 되고 어렵지 않게 만날 수 있다.

아래의 약품이 가장 효과가 좋다고 하니 참고하기 바란다.

바르는 약	기피제	먹는 약

(17)

순례길 인증서 받기

순례길을 마치고 나면 산티아고 데콤포스텔라에서 인증서를 발급 받게 된다. 가면 알아서 주는 것이 아니라 장소도 직접 찾아가야 하고 신청 방식도 조금 낯설다. 기초 회화만 되면 크게 어렵진 않은데, 외국어가 많이 약하거나 눈치가 빠르지 못하면 다소 어려울 수 있다.

순례자 사무소 위치는 산티아고 광장에서 성당을 등지고 2시 방향의 계단으로 내려가서 오른쪽 길로 140m 정도 걸어가면 위치하고 있다.

이해를 돕기 위해 외관 사진을 첨부하였다. 보다시피 간판 같은 것이 없지만 사람이 많이 북적이고 있어 찾는 것은 어렵지 않다.

이곳에 도착하면 사무실 앞에. 안내 게시물이 있는데 QR 코드를 보여 주고 그것에 입력하라고 한다.

QR 코드로 접속해서 그 내용을 입력하고 줄을 서면 된다. QR 코드는 이것과 같으니 미리 접속해서 어떤 내용인지 확인해 보는 것도 좋다.

〈이 QR 코드를 찍으면 다음의 사이트로 이동한다.〉

첫 번째는 언어를 선택하는 화면인데 영국 국기를 택하면 영문 페이지로 이동하게 되고, 다음 화면에서는 제일 아래로 이동해서 OK를 클릭한다.

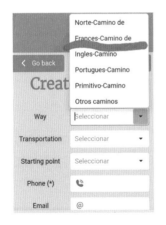

처음의 Way는 어느 길을 완주했는지 묻는 것이다. 프랑스 길을 달렸다면 Frances-Camino를 선택한다.

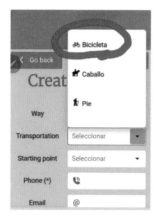

다음 Transportation은 이동 방식을 묻는 것이다. 자전거였다면 Bicicleta를 선택하고 걸었다면 Pie를 선택한다.

다음 Starting Point는 출발 지점이다. 생장에서 시작했다면 S. jean P. Port를 선택한다.

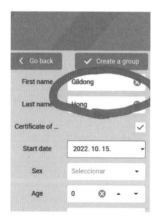

다음은 본인 이름이다. First name에 이름을, Last name에 성을 입력한다. 물론 바뀌어도 별문제는 없다. Start date(출발 일자)는 본인이 생장에서 출발한 날짜를 선택한다.

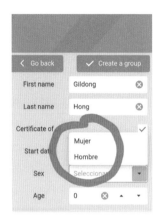

그리고 Sex, 알다시피 성별인데 여자는 Mujer 남자는 Hombre이다. 영어와 스페인어를 혼용해서 필자도 좀 혼란스러웠다.

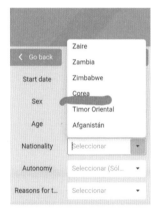

Nationality는 국가, 자모순인데 이상하게 우리나라가 맨 아래 있다. Zimbabwe 밑에 Corea로 표시되어 있다.

그다음 순례 목적이다. 종교적 목적이면 Religioso, 아니면 No Religioso를 선택한다. 세 번째는 기타이다.

다음은 직업이다. 무난하게 전문직 (Profesores)를 선택해도 무관하다.

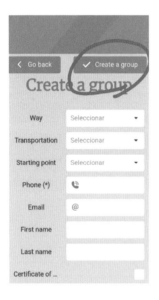

모두 입력하면 가장 상단의 Create a group을 선택한다.

그러면 최종 QR 코드가 화면에 나타나는데, 그 QR을 제시하면 바로 인증서가 발급된다.

이 책을 읽으시는 독자 모두 완주 인증서를 들고 산티아고 광장에서 환하게 웃는 모습으로 만나길 바란다.

2부

순례길을
달리다

 3년 전, 산티아고로의 출발을 기획하고 팀을 구성하고 나서 라이딩 훈련도 같이 진행했다. 순조롭게 산티아고에 가리라 생각했다. 그런데 갑자기 코로나가 터졌다. 해외여행은 막히기 시작하고 유럽에서의 확진자는 일일 수천 명이 넘어 환자들은 병원에 가지도 못하고 죽어간다는 뉴스를 들어야 했다. 하지만 심각하게 생각하진 않았다. 팀원들과 긴급회의를 소집했는데 절반은 아예 결정을 하지 못했고 절반은 예전의 메르스나 신종플루의 기억으로 3~4달이면 정상이 될 것을 예상했다.

 팀원 전체의 안전을 고려한 보수적 결정을 할 수밖에 없었던 나는 산티아고 여행을 잠정 취소했다. 넉넉히 1년만 참으면 여행을 다시 시작할 수 있으리라 생각했고, 아쉬워하는 팀원들을 위로했다. 하지만 그렇게 3년이라는 시간이 흘러갔다.

 언제 끝날지 모르는 코로나와의 싸움이었다. 정말 갑갑하고 지루했다. 언제 출발할지 기약도 없는 시간을 보내고 드디어 출발 계획을 세우게 되었다. 그동안 잠깐 베트남을 다녀온 적은 있지만 본격적인 해외여행은 3년 만에 처음이다.

 거기에 이번은 2주가 넘는 진짜 여행이고 그렇게도 원했던 산티아고 순례길이다. 회사에서 2주 동안 휴가를 얻는 것은 눈치가 아주 많이 보이는 일이긴 했지만, 50대 중반이 되니 좀 뻔뻔함도 생겼나 보다. 별일 아니라는 듯 휴가 신청을 냈다.

 비즈니스 클래스를 이용할 여유는 없어 비록 이코노미 좌석이라 파리까지의 14시간을 어떻게 버틸지 좀 두렵기는 했지만 즐겁게 준비했다. 항공을 포함해서 파리에서 바욘까지 가는 TGV 열차, 바욘에서 생장까지 가는 TER 열차, 파리의 숙소, 순례길 전 일정의 숙소, 산티아고에서 관광할 렌터카, 산티아고에서 다시 파리로 돌아올 비행기까지 모든 예약도 마쳤다. 유럽 유심칩도 주문해서 받아 놓았고 유로화도 이미 환전해 놓았다. 몇 차례 점검하고 또 점검했다. 짐은 이미 어제 모두 포장해 놓았다. 출발 전날인 어제부터 나는 여행 중이었던 것 같다.

하지만 자전거를 포장하는 것이 생각보다 쉽지 않다. 자전거를 분해한 후 캐링백에 담고 그것을 한꺼번에 박스에 넣을 생각이었다. 이유는 파리까지는 비행기라서 박스 포장이 안전하다. 귀국할 때야 자전거가 좀 망가져도 별 상관없지만 출발에서 자전거가 파손되면 모든 것이 낭패가 된다. 그래서 파리까지 가는 항공은 박스 포장이 필수다. 하지만 그 이후부터는 박스 포장이 오히려 짐이 된다.

파리에 도착하면 시내 숙소까지 자전거를 가지고 이동해야 한다. 조립을 하지 못하는 이유는 내일 TGV를 타야 하는데 TGV에서는 조립된 완차를 가지고 승차할 수가 없다. 물론 자전거 완차로 승차할 수 있는 TGV가 있긴 하지만 많지 않고 있어도 2대 정도의 T/O밖에 없어서 우리처럼 많은 인원은 어차피 사용이 불가능하다. 실제 TGV를 타 보면 열차 내 트렁크 같은 수하물 놓는 자리가 있지만, 조립된 자전거를 놓을 만한 공간은 없다. 그래서 생장까지는 분해된 자전거를 들고 가야 하고, 그러려면 캐링백에 담아서 자전거를 들쳐 메고 가야 한다. 바퀴 달린 하드 케이스가 있으면 좀 편하겠지만 가격도 비싸고, 생장에 도착 후 산티아고까지 화물로 하드케이스를 부치고 또 찾는 과정이 있어야 해서 조금 고생스럽지만 부피가 작은 캐링백으로 하기로 했다.

그런데 그 캐링백에 넣어 자전거 박스에 넣는 것이 생각보다 쉽지가 않다. 어떻게 넣기는 했는데 바퀴가 박스 양쪽으로 툭 튀어나와서 안전하게 파리까지 갈 수 있을지가 걱정이다. 돌아올 때는 자전거가 조금 문제가 생겨도 상관없지만 갈 때는 자전거 상태가 완벽해야 한다. 조금이라도 문제가 있으면 여행이 불편해지거나 아예 여행이 어려울 수 있다. 그래서 고민 끝에 뒷바퀴를 빼지 않고 자전거를 포장했다.

바퀴 하나의 두께가 줄어들었고, 스프라켓, 디스크, 행어나 뒤 드레일러 등의 손상 없이 이동할 수 있을 것 같다. 다행히 내가 예약한 대한항공의 자전거 수하물 규격은 가로/세로/높이 세 변의 합이 292cm로 항공사 중 가장 여유롭다. 박스의 크기 등이 제한 안에 들어오는 것을 확인하고 안심이 된다.

이제 새벽에 나가야 하니 잠을 자야 하지만 설레는 마음에 잠이 오지 않는다. 하지만 상관없다. 어차피 비행기 안에서 잠이 더 잘 올 테니까…. 아니면 시차 적응에 도움이 될 것이라고 스스로 위안하는 생각을 한다. 그러다 살짝 잠이 든다.

AM 06:30

다행히 늦지도 이르지도 않은 정확한
시간에 잠을 깼다. 11시 30분 비행기이
므로 넉넉히 9시까지는 공항에 도착할
생각이다. 그러려면 8시에 집에서 출발
해야 하기 때문에, 7시에 일어나서 씻고
아침으로 라면 하나 끓여 먹을 계산이었
다. 아직까진 순조롭다. 그런데 밤새 메
시지가 하나 와 있다. 파리에서 생장으
로 이동하는 TGV를 예약한 Oui.sncf
애플리케이션에 무슨 메시지가 있다. 들
어가 보니 무언가 빨간색으로 표시되어
있다. 이건 무언가 심각하다.

자세히 보니 내일 타게 될 파리에서 바욘까지 가는 약 800km의
TGV는 운행하지만 그 이후 갈아타게 될 바욘에서 생장까지 가는
60km 정도의 TER의 운행이 중지된 모양이다.

"그래, 뜻대로 잘 풀리면 까미노가 아니지…."

표를 사고 기차를 타는 간단한 일은 알지만 이런 갑작스러운 일은
어떻게 따져야 하는지 알지 못해 난감하다. 하지만 금방 편히 생각하
기로 했다. 오늘은 파리까지만 가고 내일 이동할 계획이니 내일 바욘
에서 버스를 알아보고 없으면 자전거로 이동하면 된다고 편히 생각하
기로 했다.

그래, 우선 지금은 파리만 무사히 가면 된다.

라면 한 그릇을 비우고 여동생의 차를 빌려 타고 공항으로 출발한다. 출발하기 전 공항 가는 길. 역시 여행은 이때가 제일 즐겁다.

같이 갈 멤버들과의 단톡방에서 어디에 오고 있는지 확인하느라 서로 분주하다. 모두들 들뜬 기분인 것을 감출 수 없다.

모두 개인적인 짐 이외에 자전거가 들어 있는 커다란 박스를 가지고 있어 그것도 진풍경인지 수하물을 위탁하는 절차에 있는 줄 속에서 다른 승객들이 궁금해 물어온다. 어디를 가는지, 자전거를 어떻게 가져가는지…. 일반적인 관광이 아니라 좀 뿌듯하다. 자랑스럽게 산티아고 순례길을 간다고 신이 나서 대답하게 된다. 8명의 티켓팅이라 시간이 오래 걸렸는데 자전거 수하물 8대도 시간이 제법 걸린다.

자전거 박스의 크기 무게에 대해 충분히 공유했기 때문에 문제 있는 포장을 해 온 멤버는 없다. 순조롭게 자전거 수하물 절차가 마무리되었다.

　비행기는 정확히 출발했다. 11시 30분 출발해서 파리 시각 18시 30분에 도착한다. 프랑스와 스페인은 서머 타임이 적용되어 한국과 시차가 7시간이다. 14시간의 비행시간이 소요되는데, 러시아와 우크라이나 전쟁 때문에 러시아 상공으로 비행하지 못한다고 한다. 원래 12시간 정도인데 2시간이 늘었다.

　그렇지만 나는 비행기 타는 것은 신난다. 예쁜 구름과 하늘 아래의 풍경을 보는 것이 너무 재미가 있지만, 잠을 자는 사람들 때문에 마음껏 창문 밖을 볼 수가 없다. 창문을 열어서 빛이 환하게 들어오는 것이 너무 미안하다. 그래서 가끔씩 아주 조금씩 창문을 열어서 보곤 한다. 아무것도 없는 구름만 보아도 신기하고 재미있기만 하다. 시베리아 상공으로 비행할 때보다 많은 나라를 거쳐 가기 때문에 볼거리는 풍부하다.

두 번의 식사와 간식, 그리고 컵라면 한 번, 두어 편의 영화와 미리 다운받아 간 넷플릭스 드라마 덕분에 14시간을 견디고 파리에 도착했다. 약간의 혼란을 거쳐 입국 절차를 마치고 수하물을 찾게 되었다. 자전거 같은 대형 수하물은 Over Size 수하물 코너에서 따로 나온다. 파리 샤를 드골 공항 2 터미널에서의 대형 수하물 표시다.

〈이곳에서 기다려 자전거를 받았다.〉

그리고 박스를 뜯어내고 캐링백에 옮겨 담는 일을 했다. 뜯어낸 박스는 공항 직원에게 물어보니 한쪽에 잘 놓으라고 한다. 이제 자전거를 메고 파리 시내로 들어가면 된다. 최대한 공항 카트에 실어 이동하고 나중에 어깨에 멨다.

처음에는 걸을 만하더니 100m 정도 가서 너무 힘들다는 생각이 든다. 하지만 이제 어쩔 수도 없다. 지하철까지만 메고 가면 지하철역에서 빠져나오면 바로 호텔이라고 팀원들을 다독이며 지하철을 타러 이동했다.

사진에서 보는 것처럼 기차 모양의 그림이 있고 'RER B'라고 표시된 곳으로 가면 된다. 타야 할 지하철이 RER B 노선이다. 이것이 샤를드골 공항과 파리 시내를 연결해 주는 우리의 공항 철도 같은 것이다.

공항에서 파리 시내까지 가는 과정에서 가장 조심해야 할 것은 소매치기다. 파리만 아니라, 로마, 런던, 마드리드 등 주요 관광 대도시는 소매치기가 정말 많다. 시선을 한쪽으로 끌게 하는 사람이 있고 그사이에 각은 가방 같은 것을 가져가는 수법이 비일비재하다. 우리는 지하철 안에서 가방을 손에서 놓고 옆자리가 비어 있으면 빈자리에 올려놓는 경우가 많은데 이 경우는 거의 절도의 대상이 된다. 항상 가방은 손에서 놓아서는 표적이 된다는 사실이다. 그래도 19년도에는 소매치기가 정말 많았는데 3년이 지난 지금은 별로 보이지 않는다. 나중에 알게 된 사실이지만 3년간의 코로나로 여행자가 없어 대부분의 소매치기들이 전직(?)을 했다고 한다. 그들도 생업에 타격을 입고 우버나 배달업 등으로 직업을 많이 바꾸었다고 한다. 코로나의 선(善) 작용이다.

그래도 가장 큰 문제는 자전거다. 이것을 계속 메고 이동하는 것이 쉽지 않다. 지하철에서도 사람이 많아 자전거를 메고 타는 것이 여간 민폐가 아니었다. 지하철도 한 번 갈아타야 하고 환승에서의 동선도 생각보다 길었다. 무엇보다 어깨가 너무 아팠다. 자전거 캐링백에 짐을 많이 넣은 사람은 그 고통이 두 배가 되었다. 다들 렌트가 답이라는 이야기를 하기도 했다.

물론 순례길에 들어서서 자전거를 타기 시작하면 모두들 본인 자전거를 가져온 것에 만족할 것이다. 우리는 내일 몽파르나스역에서 바욘행 TGV를 타게 된다. 그래서 숙박료가 조금 비싸지만 몽파르나스역 주변의 호텔을 예약했다. 지하철을 한 번 갈아타고 우리는 역에 도착했고 호텔을 쉽게 찾아 짐을 풀었다.

간단히 짐을 풀고 나니 9시가 좀 넘었다. 한국 시각으로 새벽 4시쯤 이니 졸린 것보다는 배가 고프다. 근처 식당에 가서 피자라도 좀 먹기로 한다. 피자에 와인을 곁들이며 앞으로 우리 여행의 안전한 완주를 서로 다짐한다.

일행들이 파리에 왔으니 에펠탑을 보고 싶다고 한다. 다행히 에펠탑은 몽파르나스역에서 멀지 않은 곳에 있다. 거리상으로는 3km 정도이므로 산책 삼아 가서 보고, 올 때는 지하철로 오기로 한다. 몽파르나스역을 지나며 내일 이곳에서 열차를 잘 타고 가길 빌어 본다. 4년 전 TGV가 강풍 때문에 중간에 멈추어서 5시간을 허비한 적이 있다. 그로 인해 그 이후의 모든 일정이 꼬여 고생한 기억이 있다.

프랑스 열차 노조가 워낙 강성이어서 파업과 운행 중단이 잦아 고생하는 경우가 많다는 이야기도 들어서 내심 걱정이 조금 된다. 아무 일 없기를 바랄 뿐이다.

〈늦은 밤 몽파르나스역〉

그렇게 우리 일행은 파리의 도심을 가로질러 산책을 했다. 에펠탑이 어느 방향인지는 쉽게 알 수 있었다. 에펠탑이 윗부분만 조금씩 보였고 그 위에서 비치는 서치라이트가 길 안내를 잘해 주고 있다.

약 40분간 걷다 보니 파리의 상징인 에펠탑을 만났다. 모두들 에펠탑 들기 놀이, 점프를 하며 인증샷을 찍는다. 행복한 시간이다.

다시 숙소로 돌아와 잠을 청한다. 모두들 쉽게 곯아떨어졌다. 생각대로 되는 게 없는 것이 산티아고 순례길이다. 내일부터는 진짜 고생이란 생각과 팀원들과 문제없이 산티아고까지 같이해야 한다는 생각에 잠이 들기 어렵다.

아침이 왔다. 시차 영향이겠지만 잠을 잔 것인지 만 것인지 명확한 느낌이 없다. 오늘은 이곳 파리에서 TGV를 타고 생장으로 이동해야 한다. 최대 난관은 TGV에 자전거를 가지고 승차하는 것이고 3년 전처럼 기차가 연착되지 않는 것이다.

짐을 챙겨서 호텔 바로 앞 몽파르나스역으로 이동한다. 9월 말임에도 불구하고 날씨가 갑자기 추워져서 겨울 코트를 입은 파리 시민이 많이 보인다. 앞으로의 여행이 조금 걱정스럽다.

역 안에 도착해서 자전거를 모아 놓고 간단한 아침 식사를 하며 기차 시간을 확인한다. 우리는 10시 11분 열차이고, 바욘(Bayonne)에 14시 3분에 도착한다.

전광판을 보면 목적지는 엉데(Hendaye)로 표시된다. 엉데는 비욘 조금 지나서 스페인과의 국경에 있는 해안 도시이다. 우리가 타는 열차는 보르도(Bordeaux), 닥스(Dax)를 거쳐 바욘에 도착한다. 전광판에서 열차 번호와 열차 시간을 확인하면 플랫폼 번호를 알 수 있다.

플랫폼에 들어서면 준비해 간 티켓이나 모바일의 QR 코드를 통해 승차를 확인한다.

열차에 탑승했다. 자전거를 열차에 싣는 것이 최대 과제이다. 자전거를 완차 상태에서 승차하면 100~150유로의 벌금을 물기도 한다. 물론 사정을 하면 30~50유로로 깎아 주기도 한다지만, 사실 완차 상태로 자전거를 놓을 공간이 마땅치 않다. 우리도 자전거를 분해해서 캐링백에 담은 상태이긴 하지만 그래도 8대라서 마땅한 자리 찾기가 쉽지 않다. 남보다 줄을 먼저 서서 일반 승객들보다 좀 빨리 움직여야 한다. 트렁크 같은 짐들을 미리 놓으면 우리 자전거를 놓을 자리가 없기 때문이다.

다행히 열차에 자전거를 싣고 자리에 앉아 4시간을 기다린다. TGV에는 카페도 있어 간단한 음료나 맥주 정도는 즐길 수 있다.

TGV를 타고 4시간은 800km의 거리이며 프랑스 북부에서 남부까지 기의 중단하게 된다. 그 거리를 이동하며 보고 느끼게 되는 것은, 참 축복받은 땅이라는 것이다. 800km의 땅이 거의 평야다. 가도 가도 지평선이 보이는 땅이다. 밀밭, 옥수수밭 등이 끝없이 이어진다. 온화한 날씨에 드넓은 곡창지대를 가지고 있는 나라. 그러면서 예술적 저변이 높아 아름답고 예쁜 것을 잘 만드는 나라. 프랑스의 매력과 경쟁력에 대해 다시 한번 생각하게 된다.

근 4시간을 달려 다행히 연착 없이 바욘에 도착했다. 바욘은 프랑스 남부에 위치한 지중해 연안의 작은 소도시다. 아두르강이 시내 중간을 흐르고 있어 아름다운 도시의 느낌을 준다. 파리가 아니기 때문에 이제부터는 소매치기 같은 걱정은 훨씬 덜 해도 좋다.

원래는 이곳에서 TER라는 기차를 갈아타고 생장까지 갈 예정이었으나, 열차 운행이 취소되었으니 이젠 직접 자전거를 타고 갈 수밖에 없다. 역 광장 모퉁이에서 자전거를 조립하기 시작했다. 아무래도 수화물로 자전거를 운송하고 또 짊어지고 파리에서 이곳까지 가져왔기에 문제가 없기를 바라야 한다.

자전거 조립은 순조롭다. 여성 팀원이 3명이나 있었지만 나머지 5명의 남자 팀원들이 조금씩 도와주어서 1시간 정도가 지날 무렵 여자 팀원들의 자전거도 조립을 마쳤다.

이제 드디어 달리는 일만 남았다고 생각하니 가슴이 뛰기 시작했다. 팀원들도 조금은 긴장한 얼굴과, 또 설레는 기쁨이 표정에 묻어 있었다.

생장까지는 여기서 55km이다. 전체적인 오르막이지만 급격한 경사는 없다. 지금 시간은 4시가 조금 안 되었고 늦어도 7시 전에는 도착해야 한다. 이유는 크레덴시알 발급이다. 크레덴시알이란 순례자 여권을 말하는데 이 순례자 여권에 앞으로 순례길을 달리면서 '세요'(스탬프)를 받게 된다. 그리고 산티아고데콤포스텔라에 도착해서 스탬프가 가득한 크레덴시알을 제출하면 완주인증서를 받게 되는 것이다.

크레덴시알을 발급하는 순례자 사무소가 7시 반 정도에 문을 닫는다. 오늘 못 받으면 내일 받으면 되지만, 내일은 오전 8시부터 운영을 시작해서 우리의 출발 시간이 늦어지게 된다. 우리는 아침을 일찍 먹고 7시에는 길을 나서려고 하기에 오늘 중으로 크레덴시알을 발급받아야 일정에 무리가 없다.

조금은 들뜬 마음으로 출발한다. 구글은 해외에 나오는 순간 내비게이션 기능이 활성화된다. 이 기능을 활용하여 생장을 향해 페달을 밟는다. 바욘 시내의 예쁜 풍경을 구경하며 어느덧 시외로 접어들었다. 갑자기 뒤에서 정지 요청 소리가 들린다. 회원 한 분의 자전거가 문제가 있는 모양이다. 겁이 덜컥 난다.

"여기서 자전거에 문제 생기면 일정이 너무 꼬이는데….."

자전거를 확인하니 가방을 적재하는 짐받이에 문제가 있다. 자전거에 짐받이를 설치하는 방식은 싯포스트에 연결하고 또 다리가 달려서 싯스테이나 QR 등에 지지가 되어야 하는데 이분은 다리 없이 싯포스트에만 묶는 짐받이를 설치한 것이 문제였다.

적은 양의 짐은 문제가 없지만 장거리 여행을 위해서 짐의 양이 많아지다 보니 짐받이와 짐이 좌우로 흔들려서 뒷바퀴와의 간섭이 생기는 문제였다. 좀 더 조여서 운행을 해 보았지만 증상은 마찬가지였다. 내심 왜 저런 짐받이를 달고 와서 전체가 지체되게 만드는지 불만도 생겼다. 머릿속에서는 온통 오후 7시 전에 순례자 사무소에 도착해서 크레덴시알을 발급받아야 한다는 생각뿐이었다. 다행히 우리에겐 '맥가이버'가 있었고, 그의 훌륭한 솜씨로 짐받이의 문제를 한 방에 해결해 버렸다. 생겼던 불만에 미안함이 생겼다.

그렇게 우리는 다시 달릴 수 있었다. 다리에 쥐가 난다고 하는 팀원도 있었지만 힘껏 달려야 했다. 무조건 7시 전에는 도착해야 하니까. 그렇게 6시 조금 넘은 때가 되어서 우리는 생장에 도착했다. 3년 만에 다시 찾은 생장은 그 모습 그대로였다. 니브드베헤로비강은 여전히 예쁜 모습이었고 그 위의 아치형 돌다리도 그대로의 모습을 강 위에 비추고 있었다. 예쁜 레스토랑들, 집 모두 변하지 않은 모습 그대로 우리를 기다리고 있었다. 팀원들도 상기된 표정이다. 이제부터 시작이라는 생각에 설렘이 가득하다.

　　서둘러 순례자 사무실을 찾
아야 했다. 순례자 사무소는
생장의 스페인 문과 노틀담
문을 잇는 다리를 따라 언덕
으로 올라가면 맨 끝에 위치
한다. 보통 순례자가 많아서
쉽게 찾을 수 있으나 사람이
없으면 간판 등이 크지 않아
찾는 데 다소 혼란스러울 수
있다. 외관을 참고 바란다.

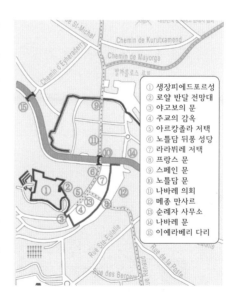

① 생장피에드포르성
② 로얄 반달 전망대
③ 야고보의 문
④ 주교의 감옥
⑤ 아르캉졸라 저택
⑥ 노틀담 뒤퐁 성당
⑦ 라라뷔레 저택
⑧ 프랑스 문
⑨ 스페인 문
⑩ 노틀담 문
⑪ 나바레 의회
⑫ 메종 만사르
⑬ 순례자 사무소
⑭ 나바레 문
⑮ 이예라베리 다리

이 안에 들어서면 인자한 표정의 프랑스 할머니들이 반갑게 맞아 준다. 신청서에 몇 가지 정보를 기재하고 2유로를 지불하면 크레덴시알이 발급된다. 과정에서 느끼는 점은 하루에도 수백 명을 만나고 똑같은 대화를 할 텐데 생각보다 친절하다. 또박또박 이야기해주고 내가쉬게 될 숙소가 어디에 있는지, 내일 어느 길을 따라가면 되는지 자세히 이야기해 주려 애쓴다.

꼭 해야 했던 크레덴시알을 발급받고 나니 마음이 놓인다. 하지만 한편으로는 이것이 무엇이라고 그렇게도 마음을 졸이며 달렸나 하는 후회도 든다. 순례길에서 이것보다 훨씬 많은 변수에 부딪히고 좌절하고 견뎌낼 일이 많을 텐데 너무 조급한 마음으로 스스로를 옥죄인 것은 아닌가 하는 생각도 들었다. 좀 더 여유 있는 마음으로 여행해야 겠다는 생각이 들었다.

이런 마음도 잠시….

이제 저녁을 먹어야 했다. 아니, 먹여야 했다. 팀원들은 나만 바라보고 있고 빨리 밥 달라는 표정이다. 이것은 문제없이 처리할 자신이 있었다.

① 식당에 간다.
② 맛있는 것을 주문한다.
③ 맛있는 식사를 즐기는 표정을 즐긴다.

이것이 너무나도 쉬운 계획이었지만 이마저도 뜻대로 되지 않는다.

레스토랑으로 갔지만 자리가 없었다. 우린 8명인데 8명은커녕 4명 앉을 테이블도 없었다. "풀~!"이라는 식당 종업원의 답변뿐, 근처의 식당에 가도 마찬가지였다. 식당이 문을 연 곳이 별로 없었다. 다시 마음이 조급해졌다.

원래 뜻대로 되는 것이 없는 곳, 그곳이 까미노라지만 밥은 제대로 먹어야 하는 것 아닌가 싶다. 생장 시내를 뒤지기 시작했다. 워낙 작은 마을이라 많이 갈 곳도 없다. 그러다 문이 반쯤 닫힌 식당이 하나 있다. 안을 보니 식당 주인과 그의 친구들이 술판을 벌이고 있고 술에 취해

노래를 부르고 있다. 많이 불쌍한 표정으로 8명에게 식사를 줄 수 있느냐고 물었다. 메뉴는 상관없으니 아무거나 먹을 것 좀 달라고 했다.

주방장이자 주인인 그는 일하기 싫다고 했고, 그의 친구들은 여기 파스타 무척 잘하니 같이 먹자고 한다. 무슨 상황인지 적응이 되지는 않지만 밥만 먹을 수 있다면 아무 상관 없었다. 결국 파스타 1인분에 5유로를 주어야 한다고, 생각보다 싼 가격을 신신당부의 약속을 받더니 주인은 요리를 하기 시작했다. 저렇게 술에 취해서 요리를 제대로 할 수 있을지 의구심이 들었지만, 능숙한 솜씨로 요리하기 시작했고 그의 친구들은 기타를 치며 우리를 위해 노래를 불러 주었다. 유쾌한 저녁이었다.

파스타는 트러플향이 진하게 나는 버섯 파스타였고 무척 맛이 있었다. 술에 취하기는 했지만 기분파인 주인은 와인도 공짜로 주었고 우리는 맛있는 식사를 할 수 있었다.

숙소로 돌아와서 짐을 푼다. 파리에서의 첫날은 호텔이었지만 오늘부터는 알베르게다. 중간중간 호스텔이 있기는 하지만 까미노를 제대로 느끼려면 알베르게에서 단체 생활을 해야 한다. 팀원들은 다소 생소한 분위기에 어리둥절한 표정이다.

남녀가 한 방에서 같이 잔다는 점, 일회용 침대 시트와 흔들리는 2층 침대, 공용 샤워실, 핸드폰을 충전할 사람은 8명인데 4개뿐인 전원 소켓, 이런 열악한 환경은 모두들 처음인지라 처음엔 약간 당황했지만 곧 받아들이는 분위기다. 이제 내일은 간단한 아침을 먹고 피레네 산맥을 올라야 한다.

설렘과 두려움이 섞인 마음과 불편한 침대에 뒤척이지만 벌써 시차 적응이 되는 듯 바로 잠에 빠져든다.

생장 → 론세스바예스 → 수비리 → 팜플로나 66km

Ver perfil de la etapa

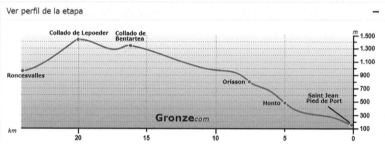

Ver perfil de la etapa

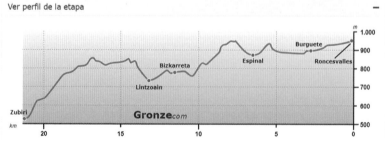

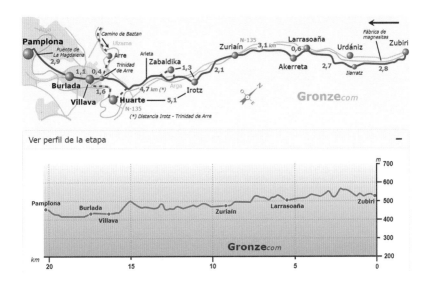

5시 반쯤 된 것 같다. 설레는 마음에 일찍 일어난 것인지 시차 문제
인지, 모두들 일찍 일어나서 부스럭거리며 짐을 싸고 있다. 어제 라이
딩을 하기는 했지만 오늘부터 가게 될 길이 진짜 순례길이다. 시작부
터 높은 산맥을 넘어야 한다.

피레네산맥을 넘으려면 두 개의 코스가 있다. 도보 순례자들이 걷는
나폴레옹 길, 그리고 자전거 여행자들에게 적합한 발카를로스 길이
다. 순례자 사무소에서도 자전거 여행자에게는 발카를로스 길을 추천
하지만 우리는 나폴레옹 길을 선택했다.

나폴레옹 길은 높이도 더 높고 포장되지 않은 비포장 구간이 많다.
일부이지만 노면이 너무 거칠어서 아주 상급자가 아니면 타기 힘든
코스도 있다. 반면 발카를로스 길은 2km 더 길기는 하지만 경사도 완
만한 전체 포장도로이며 최고 높은 곳도 1,057m로 나폴레옹 길보다
400m 정도 낮아서 상대적으로 쉬운 코스다.

결국 나폴레옹 길이 더 힘들다. 그럼에도 불구하고 나폴레옹 길을 택한 이유는 이곳만의 멋진 풍광을 포기할 수 없기 때문이다. 그리고 도보 순례자들이 맞게 되는 풍광과 알려진 명소들을 그대로 체험하고 싶은 마음이었기에 좀 더 힘들기는 하지만 나폴레옹 길을 선택했다.

우리가 넘을 피레네산맥의 가장 높은 지점인 레푀데르 언덕은 해발 1,430m이고 이곳 생장의 고도는 약 160m이니 약 1,270m의 상승 고도를 페달로 밟아서 넘어야 한다. 모두들 한국에서는 이 정도 높이의 고개를 넘은 적이 없기에 잘할 수 있을지 걱정과 두려움, 설렘이 교차하고 있음을 스스로 느끼고 있다.

빵과 커피, 간단한 식사를 마치고 7시경 알베르게에서 짐을 들고 나선다. 자전거에 짐을 묶고 채비를 갖추는 과정이 아직은 모두들 익숙지 않다. 7시지만 날은 아직 어둡다. 한국 같으면 길이 보일 시간인데 이곳은 어둠이 아직 가시지 않는다. 서머 타임 때문이다.

프랑스와 스페인은 서머 타임이 적용되고 있어 시간이 1시간 늦게 간다. 오전 8시가 되어야 해가 뜨고, 밤 8시쯤이 되어야 일몰이 되기 때문에 이것에 맞추어 일정을 조율해야 한다. 출발지인 이곳 생장에서의 새벽은 고즈넉한 유럽 시골 마을의 멋진 모습이다.

"출발!"

이젠 진짜 출발 신호를 내렸다. 모두들 힘차게 페달을 밟는다. 생장 시내를 벗어나니 우리가 넘어야 할 피레네 산이 보인다. 그냥 보아도 멋지다. 저 산을 넘는다고 생각하니 내 자신이 대견하게 느껴져서 기운이 절로 난다.

약 5km쯤 달렸을 때 이상한 느낌이 든다. 오르막이 나와야 하는데 계속 평지가 이어지는 것이다. 지도를 확인해 본다.

"어? 길을 잘못 들었구나….."

출발부터 리더로서 민망함이 이만저만이 아니다. 미안함을 이야기하고 자전거를 돌렸다. 하지만 모두들 그래도 신나는 표정이다. 아직 에너지가 넘치는 때라 다행이다 싶다. 정상적인 코스로 다시 복귀하니 역시 언덕이 시작된다. 다행인 것은 나폴레옹 길은 비록 1,430m까지 올라가기는 하지만 일부 구간을 제외하고는 경사도가 심하지는 않다. 그도 그럴 것이 나폴레옹 길은 1808년 나폴레옹 군대가 포르투갈 정복을 빌미로 이베리아반도를 침입한 길이다. 그 당시 대포나 각종 군수 물자를 말이나 사람이 끌고 올라가야 했기 때문에 높은 경사의 길은 현실적인 공격 루트로 적합하지 않다.

따라서 지금처럼 자동차가 없는 시절에는 낮은 경사도의 산길이 필요했던 것이다. 그러다 보니 전체적인 경사도는 5~10% 정도로 느껴진다. 대신 언덕 정상까지 23.5km를 가야 해서 지구력이 필요하지만, 극악한 경사도는 없어서 체력 안배를 잘하면서 오른다면 충분히 넘을 수 있는 고개인 것이다.

우리는 그렇게 체력을 안배해 가며 고개를 오르기 시작했다. 한 시간쯤 올랐을까, 피레네가 서서히 우리에게 자신의 아름다움을 자랑하기 시작한다. 눈 아래에 운무가 호수처럼 내려 있다.

"힘들다. 그런데 행복하다."

피레네를 넘으며 느낀 감정을 한마디로 표현하면 이것일 것 같다.

힘든 순례길 중 가장 아름다운 곳은 감히 피레네라고 이야기하고 싶다. 많은 사람이 순례길 인증서를 받기 위해 사리아부터 시작해 마지막 100km를 걷는 사람이 많다. 하지만 순례길의 아름다움을 느끼려면 마지막 100km보다는 피레네와 부르고스 이후의 메세타 구간을 걸어 보라고 나는 권하고 싶다.

　출발부터 8km 지점이고 고도로는 800m 지점에 이르면 오리손 산장에 도착한다. 오후에 생장을 출발하는 사람들은 오리손 산장에서 1박을 하고 다음 날 나머지 피레네를 오르기도 한다. 오리손의 새벽은 워낙 아름답기로 유명해서 경치도 즐기고, 힘든 피레네를 이틀에 나누어 오르면 체력적으로도 안배가 되어 좀 더 피레네를 즐길 수 있다. 다만 오리손 산장은 예약이 필요하다.

　오리손 산장을 지나 페달을 밟고 지나온 길을 뒤돌아볼 때마다 숨 막히게 아름다운 풍경에 탄성을 계속 내뱉게 된다. 그렇게 오리손 산장에서 4km를 더 오르면 피레네산맥의 전후를 모두 볼 수 있어 조망이 완벽한 목장 지대에 이른다. 이곳에 소박한 성모상이 있는데 비아코레성모자상이다. 피레네의 한가운

데서 산맥의 품속을 즐길 수 있는 곳이다. 경관이 너무 아름다워 모두들 사진 찍기 바쁘다.

　이곳에서 잠깐 쉬고 또 6km를 더 이동한다. 원만한 언덕이 이어지고 롤랑의 샘이라는 식수를 공급받을 수 있는 곳이 나오는데 이곳이 프랑스와 스페인의 국경이다. 드디어 스페인 본토로 들어가는 것이다.

    우리나라는 아시아 대륙에 이어진 반도 국가이기는 하지만, 남북으로 갈라진 분단국가의 운명으로 섬과 같은 나라이다. 육로로는 어떤 나라도 여행을 할 수가 없는데 이들은 입국 심사도 없이 이렇게 옆 나라로 여행을 할 수 있다니 신기하고 부러울 따름이다.

    여행을 좋아하는 나로서는 우리나라도 언젠가 이런 날이 오면 얼마나 좋을까 하는 생각이 들 수밖에 없다. 아래 사진이 피레네의 국경이다. 명색이 국경인데 군인이나 입국 심사원은커녕 작은 초소도, 차단기나 문도 없다. 모두들 신기해한다. 왼발은 프랑스에 오른발은 스페인에 올려놓으며 장난을 치게 된다.

　이곳 국경의 고도는 1,378m, 출발지부터의 거리는 18km이다. 이제부터는 스페인 땅이다. 이제 약 3km의 거리를 약 60m의 고도만 올라가면 된다. 힘든 코스는 마친 셈이다.

　하지만 다리에 약간 쥐가 나기 시작한다. 조심해야 한다. 벌써부터 이러면 여행 내내 고생할 수도 있기에 자전거에서 내려 조금 걷기 시작한다. 이제는 거의 평지 느낌이다. 낙엽이 켜켜이 쌓여 있는 호젓한 숲길을 지나니 넓은 언덕길이 나온다. 거의 다 왔다. 이제 이 언덕만 오르면 뢰페데르 언덕이다. '고생 끝 행복 시작'이라는 생각이 든다.

　조형물이 보이고 언덕의 끝이라는 사실을 알려주듯 전방이 탁 트였다. 론세스바예스 마을이 보이고 스페인 땅이 끝없이 펼쳐진다. 우리는 서로의 노력을 자축하고 격려한다. 사진을 찍으며 기뻐한다. 모두 기쁜 나머지 처음 보는 외국인과도 서로 쉽게 친해진다. 누가 먼저라 할 것도 없이 같이 사진을 찍는다. 스스럼이 없다. 최선을 다해서 힘든 언덕을 오른 서로에게 깊은 동지애를 느끼는 것 같다.

　이제 내리막길만 내려가면 된다. 여기서부터는 전반적인 내리막길이므로 팜플로나까지는 쉽게 도착할 것 같다(물론 그렇지는 않았다).

　론세스바예스까지의 도보 순례길은 거의 싱글 길에 가깝고 숲속으로 이어진 길이라 탁 트여서 풍광도 좋고 안전한 일반 도로로 내려가기로 했다. 신나는 내리막길이다. 한국이었다면 브레이크 한 번 안 잡고 내리 달렸겠지만 지금은 보수적으로 행동할 수밖에 없다. 누구 하나라도 다치면 그 자체로 너무 불행한 일이고 또 다른 사람의 모든 일정이 망가질 수도 있다. 우리는 라이딩을 즐기러 온 것이 아니라 순례길을 무사히 완주하러 온 것임을 팀원들에게 상기시켰다.

　론세스바예스를 조금 지나서 늦은 점심을 먹었다. 이제 평범한 길을 약 40km만 가면 오늘의 숙소가 있는 팜플로나가 나온다. 크게 멋진 풍광은 없다.

　수비리까지는 두 개의 고개가 나온다. 메스키리츠 고개와 에로 고개. 이 두 개의 고개가 생각보다 힘이 든다. 평상시 같으면 그러저럭 오를 수 있는 고개였지만, 우리는 피레네에서 이미 많은 힘을 쏟아부었고 지친 다리와 자전거 뒤에 실려 있는 20kg에 가까운 짐은 다리를 더욱 무겁게 했다.

생각보다 자갈이 많아 거친 노면은 라이딩을 포기하고 자전거를 끌고 가게 했고 그렇게 낙타 등 같은 고개가 이어져서 우리의 몸과 마음은 계속 지쳐 갔다. 그렇게 전반적인 내리막이었지만 고갯길을 넘고 넘어 저녁쯤 팜플로나에 도착했다.

팜플로나는 인구 20만의 비교적 큰 도시이다. 중국 슈퍼마켓을 통해 한국 식자재도 구할 수 있고 시내에도 볼거리가 많다. 하지만 피레네를 넘고 또 약 40km를 달려왔다. 당연히 모두들 매우 지쳐 있었고 팜플로나 시내나 성당을 구경할 생각은 전혀 고려되지 않는다.

알베르게에 도착한 우리는 짐을 풀자마자 씻고 모두 빨래를 하는 등 개인 정비를 하느라 분주하다. 세탁기 사용법이 익숙하지 않아 우리끼리 좌충우돌하는 과정이 있었는데, 그 과정에서 주변 순례객들이 불편했던 모양이다. 우리의 목소리가 너무 컸고 그로 인한 피해에 우리에게 항의를 하는 것이다. 알베르게에서의 에티켓에 대해 우리가 조금 부주의했다. 더욱 조심해야 한다.

일기예보 상으로 내일 날씨가 좋다고는 하지만 무슨 이유인지 비가 올 것 같은 예감이다. 까미노의 천사가 우리에게 날씨 요정으로 나타나서 도와주기를 바라고 있다.

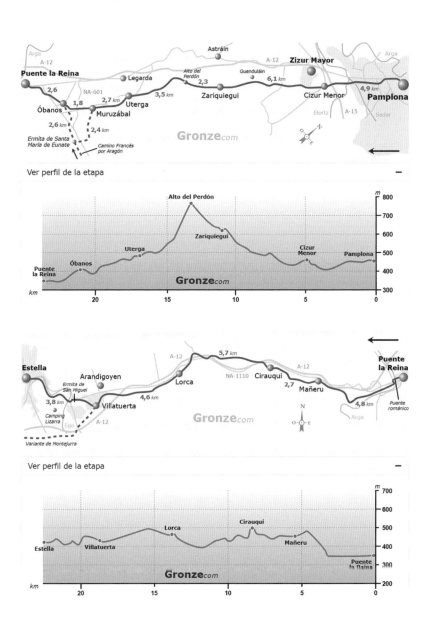

Ver perfil de la etapa

Ver perfil de la etapa

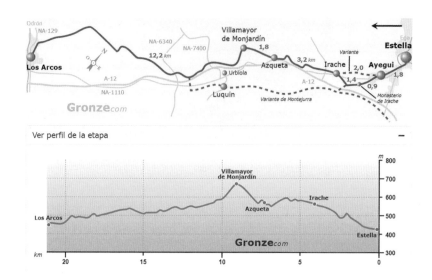

"왜 슬픈 예감은 틀리지 않는가⋯."

어제 앱으로 본 일기예보에서 이곳 팜플로나의 날씨는 좋았지만 몸은 그렇지 않다고 말하는 것이었는지, 예보가 썩 맞지 않을 것 같았다. 가랑비는 촉촉하게 팜플로나의 새벽 거리를 적시고 있었고 날씨는 추웠다.

다들 우비를 챙겨 입고 출발 준비를 한다. 물론 어느 날도 쉬운 날은 없겠지만 오늘도 만만한 라이딩은 아니다. 이곳 팜플로나를 출발해서 푸엔테라레이나, 에스테야를 거쳐 로스아르코스까지 67km를 이동해야 한다. 거리가 긴 편은 아니지만 용서의 언덕이 있고, 또 이라체를 지나면 큰 언덕이 있다.

둘러보면 재미있는 것은, 상당수 많은 마을이 높은 곳에 있다. 중세시대부터 이들은 마을 단위로 작은 성이 있었고 그 마을을 수비하기 위해서 개활지에서 가장 높은 곳에 마을을 만든 느낌이다. 그래서 어떤 마을은 마을 입구가 급경사인 곳이 종종 있다. 이것이 의외로 우리를 괴롭혔고 체력적으로 많이 힘들었다.

힘들고 지쳐도 숙소를 전부 예약해 놓은 상황이라 비가 오든 눈이 오든 목적한 마을에 우리는 가야 하는 상황이다. 그래도 숙소를 예약해 놓고 여행하길 권한다. 마을에 도착해서 숙소가 없으면 다음 마을까지 가는 라이딩이 더욱 힘들다.

추적추적 내리는 비를 맞으며 팜플로나 시내를 벗어났고, 7~8km 지나면서 본격적인 언덕이 시작된다. 노면은 험하고 경사가 심해서 자전거를 타기 힘들었고 더욱이 도보 이용자를 위해 깔아 놓은 자갈이 아주 미끄러워 라이딩에 매우 방해된다. 할 수 없이 내려서 자전거를 끌고 언덕을 오르는 구간이 많다. 잘게 부셔 놓은 파쇄석도 너무 많으면 라이딩이 어려운데, 동글동글한 몽돌을 잔뜩 깔아 놓았다. 바퀴가 헛돌기 일쑤고 비까지 맞으니 상당히 미끄럽다.

힘들고 어렵게 오르니 풍력 발전기들이 힘차게 돌고 있고 순례자들을 형상화한 독특한 철제 조형물들이 보인다. 용서의 언덕(Alto del Pedon)이다.

Alto는 언덕, Perdon은 용서를 뜻한다. '어떤 의미로 용서의 언덕이란 이름이 지어졌을까? 무엇을 용서해야 하는가?' 하는 평소에 전혀 하기 힘들었던 생각을 하게 된다. 나를 용서한다는 것일까? 가족에게 친구에게, 또 누군가에게 잘못한 일들이 떠오르지만 마음은 잘 정리가 되지 않는다. 역시 나에게는 너무 과분한 주제인 것 같다는 생각에 더 깊은 고민은 포기한다.

세계 주요 도시의 방향을 알려주는 표지판이 있다. SEOUL이 아닌 SEUL로 표시되어 있지만, 그래도 서울도 있다. 반갑기도 하고 9,700km 거리가 나의 집에서 너무 먼 곳에 왔다는 불안감과 뿌듯함도 같이 든다.

푸엔테라레이나를 거쳐 에스테야로 달린다. 이곳에서 점심을 먹고자 기운을 내서 달린다. 어느 스페인 라이더가 옆에 와서 같이 달린다. 라이더끼리는 통하는 것이 있다.

"반가워~ 너는 스페인 라이더니?"
"응, 나는 에스테야에서 살고 있어. 날 따라와~"

우리는 순례자이니 에스테야를 지날 것이라 그는 추측했고 길잡이를 해 준다고 한다. GPX 파일도 있고 표지판도 잘 되어 있어 길잡이가 꼭 필요한 것은 아니지만 고마운 일이다.

그의 안내를 받아 에스테야에 무사히 도착하고 점심을 먹을 식당도 추천받았다. 까미노에서는 이런 친절한 사람을 많이 만날 수 있다. 순레길 주변에 사는 스페인 사람들은 순례자가 루트에서 길을 잃으면 물어보지 않아도 길을 잘못 들었고 어느 방향으로 가야 다시 옳은 길을 찾는지 알려 주는 이를 종종 볼 수 있다.

　에스테야에서 식사를 마치고 다시 달린다. 4km 정도를 달리니 이라체에 도착한다. 이곳에 그 유명한 이라체 수도원이 있다. 이곳이 유명한 이유는 포도주의 샘(Fuente del Vino)이 있기 때문이다. 이곳엔 까미노에서 가장 특이한 수도꼭지 두 개가 있다. 한 곳에서는 마실 수 있는 물이 나온다. 이것까지는 다른 수도원의 수도꼭지와 다를 바 없지만, 다른 한 곳에서는 포도주가 나온다. 무료 포도주인 것이다. 까미노를 다녀온 순례자라면 이곳에서 무료 포도주를 마시며 기념사진을 찍는 경험을 하게 된다.

객관적으로 훌륭한 맛을 기대하기는 어렵지만 목마른 순례자에겐 꿀맛일 수 있다.

그곳을 지나 멀리 보이기는 하지만 용서의 언덕을 넘고 나서 바위 절벽으로 된 커다란 산맥이 오른편에 보인다. 로키스&코데스 산맥이다. 산맥 전체가 하나의 돌인 것 같다. 암석으로 된 절벽이 크게 보인다. 가 보고는 싶지만 그럴 여유가 없는 것이 아쉽다.

조그마한 농업 도시 로스아르코스에 도착했다. 옛날 카스티야와 나바라 왕국의 국경에 위치해서 카를로스파 전쟁, 독립 전쟁까지 수많은 전쟁을 겪은 도시라고 한다. 도시가 건설되고 왕은 마을 사람들의 용기를 치하하여 활이 그려진 그림을 하사하며 이 마을을 아르코스(Arcos, 활 모양의)라고 불렀다고 한다.

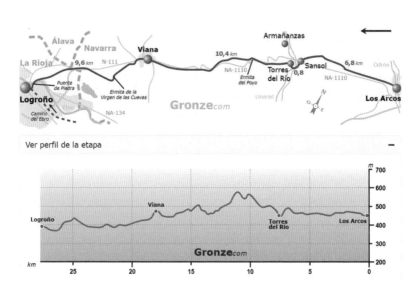

Ver perfil de la etapa

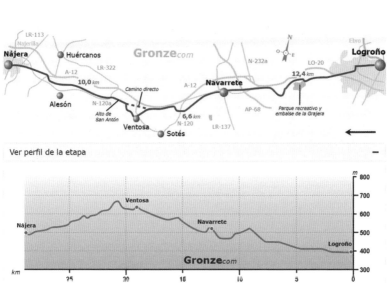

Ver perfil de la etapa

오늘은 시작부터 난관이 많다. 자전거 한 대가 변속이 잘되지 않는 것이다. 우리 수준에서 할 수 있는 정비를 넘어선 것 같다. 로그로뇨는 그래도 큰 도시니까 그곳에서 자전거 가게를 찾아 수리하기로 한다.

또 하나의 어려움은 바람이 너무 거세다. 거센 바람이라도 순풍이면 좋겠지만 안타깝게도 역풍이다. 애플리케이션을 통해 보니 초속 7~10m다. 황량한 벌판이라 숨을 곳도 없이 온전히 바람을 맞으면서 전진해야 한다. 앱을 통해서 바람이 언제까지 이어질지 확인해 보았다. 적어도 내일, 길면 모레까지는 강하게 불 것 같다. 바람은 Windy라는 앱이 시간대별로 풍향과 풍속이 예보되고 있어 낚시하는 사람들이 많이 애용하는 애플리케이션이다. 전 세계 어디서든 이용할 수 있고 바람뿐 아니라 비 예보에 대해서도 잘 알 수 있으니 해외여행을 하는 자전거 라이더에게도 꼭 필요한 애플리케이션이다.

이렇게 바람이 거세니 모두들 힘든 모양이다. 이곳에 도착한 지 5일째이고 산티아고 순례길을 시작한 지 이제 3일째이지만, 계속되는 행군에 모두들 조금씩 힘들어하는 것 같다. 이제 겨우 3일째라지만 모두들 힘들어할 만한 상황이다. 국토 종주를 해도 2~3일째가 많이 힘들었던 기억이다. 겪고 있는 또 하나의 문제는 팀워크의 미세 균열이다.

우리는 체력적으로 정신적으로 힘들 때 이성을 갖고 이타성을 발휘하기도 하지만 어떤 때에는 자신도 모르게 조금은 신경질적으로 바뀌기도 하는 것 같다. 지금의 상황이 그런 것 같다. 서로의 짐도 들어 주고 서로 격려하며 라이딩을 하고 있지만, 가끔은 말의 톤이 높아지는 모습을 종종 보게 된다. 잉꼬 같은 부부도 산티아고 순례길에서 서로의 감정이 상해서 며칠을 따로 걷기도 한다는 이야기가 조금은 이해가 되기 시작한다. 이것도 우리가 서로 다름을 인정하고 나의 내면의 정체성을 다시 생각해 보게 하는 순례길의 가르침이 아닐까 하는 생각이 든다.

아무튼 우리는 그렇게 바람을 맞으며 로그로뇨에서 자전거를 수리하고 바람이 강한 오늘은 라이딩 일정을 짧게 진행하기로 했다.

이제 이곳은 라리오하 지방이다. 라리오하 지방은 옛날부터 땅이 비옥했고 그 때문에 전쟁의 소용돌이 안에 늘 있었다고 한다. 그 흔적은 아주 오래전부터 볼 수 있는데 이곳엔 공룡의 화석도 발견되고 고인돌도 있어서 선사시대부터 사람이 거주했고, 이곳을 차지하기 위한 쟁탈전이 늘 있었던 곳이라고 한다. 라리오하의 땅은 정성껏 땅을 일군 농부들에게 값진 선물을 주었다. 라리오하의 옥토는 최고의 포도를 생산하고 있는 것이다. 순례길 좌우로 넓게 펼쳐진 포도밭들이 세계적으로 알아주는 품종을 생산하고 있는 것이다.

스페인 여행을 할 때 와인을 고르기 어렵다면 리오하(RIOJA)라고 표시된 와인만 골라도 가격도 저렴하면서 가히 세계 최고의 훌륭한 맛을 감상할 수 있다. 이렇게 와인의 품질이 유명한 이유는 역시 포도가

정말 맛있다는 것이다. 우리가 한국에서 보통 먹는 포도보다는 알이 작고 머루보다는 좀 큰 느낌이다. 포도송이에 포도가 무척 밀도 높게

달려 있는데 그 맛이 일품이다. 지금이 9월 말이고 모든 포도의 수확이 끝난 상태지만, 일부 나무에 조금씩 포도가 남아 있었다. 순례길을 달리던 중 갈증에 지친 우리에겐 이것이 서리인지 불법인지는 알 수 없었으나 조금씩 열려 있는 포도를 따 먹기 시작했고 그 맛에 반할 수밖에 없었다.

　비록 불법이겠지만 농사가 끝난 포도밭이라면 조금씩이라도 맛을 보라고 권하고 싶다. 맛난 포도를 맛보며 추수가 끝난 밀밭과 포도밭 사이로 우리는 서쪽으로 또 달렸다.

순례길 중 만난 두 번째 큰 도시, 로그로뇨에 도착했다.

로그로뇨는 도시 입구에 있는 에브로강 위의 피에드라 석조 다리가 주는 중세 도시의 실루엣과 산업화된 현대 도시의 느낌이 공존하는 느낌이다. 로그로뇨 대성당인 산타 마리아 데 라 레돈다 대성당은 쌍둥이 탑이 도드라져 보인다. 어느 곳이나 그렇듯이 대성당 주변에는 카페와 식당들이 있고 야외 테이블에서 식사나 차를 즐기는 사람의 모습이 여유롭게 보인다.

식사를 하고 자전거를 수리했다. 시간이 많이 지체되었지만 오늘은 다소 여유로운 일정이라 생각하니 마음도 편했다.

로그로뇨를 떠나는 길에 색다른 문을 만난다. 레벨린 문이라는 곳을 지나게 되는데, 12세기부터 도시를 보호해 주던 성벽이 있었다고 한다. 지금은 길이 되어 문의 역할을 하고 있다. 따라서 구시가지를 둘러싸고 있는 길의 일부는 이직도 무로(Muro, 벽)라는 이름을 가지고 있다고 한다.

　로그로뇨를 떠나 10km 정도만 가면 나바레테이다. 이곳에는 1100년경에 이미 순례자들을 위한 병원이 설립되어 운영되었던 곳이라고 한다.

　전체적인 오르막이지만 힘들지는 않다. 하지만 나바레테 마을은 언덕 위에 있다. 마을로 들어가는 언덕이 급경사로 생각보다 힘들다. 이 언덕의 이름은 '테데온 언덕'이다.

　지형적 이유로 지역 방어에 중요한 도시였다고 한다. 이곳은 라리오하 지방에서 고대 도기의 터가 남아 있는 곳으로 고대 도공들을 위한 기념물도 있다.

이채로운 곳은 이곳 성당이다. '성모 승천 성당(Iglesia Asuncion de la Virgen)'인데 사각형 기단에 세 개 신랑과 아치형 궁륭으로 이루어져 있는 18세기 바로크 양식의 건축물이다. 내부의 조형물과 장식품들의 작품성이 무척 뛰어나서 꼭 둘러보기를 권하게 된다.

참고로 이곳의 특산품은 초리소 케이크다. 초리소라는 햄을 만들고 남은 돼지고기를 잘게 다져 마늘과 칠리 파우더, 소금, 후추, 피망, 기타 향신료 등을 섞어 맛을 내고 건조하 거나 혹은 훈연하여 저장이 가능하게 만 든 돼지고기 소시지인데 스페인식이다. 이 초리소를 다져서 빵에 넣은 것이다.

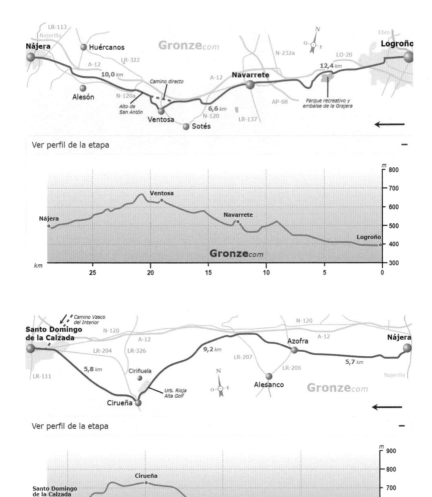

Ver perfil de la etapa

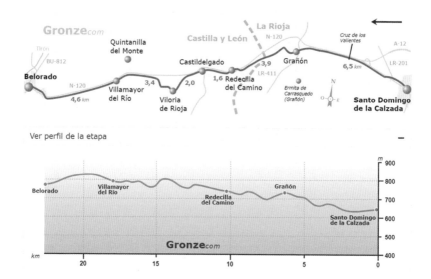

게스트 하우스가 아닌 작은 호텔에서 잠을 잤더니 모처럼 푹 잠들었던 모양이다. 2층 침대가 아닌 1인용 침대였고 샤워실도 별도로 있었고, 심지어 TV도 있는 안락한 숙소였다.

산티아고 순례길은 알베르게에서 숙박을 해야 진정한 순례길을 체험하는 것이라 한다. 비용적 문제를 떠나서 잠자리의 불편함, 씻는 불편함마저도 순례 여행의 일부일 것 같다는 막연한 생각은 든다. 하지만 어제 상대적으로 무척 편안한 잠자리를 가졌더니 확실히 몸이 개운해진 것은 사실이다.

개운한 몸으로 우리는 7시에 호텔에서 길을 나섰다. 8시에 아침 해가 뜨기 때문에 아직은 어둡다. 우리는 이곳 나바레테 마을에서 아침을 먹고 길이 보이기 시작하면 출발하기로 마음먹었다.

아침에 문을 여는 레스토랑이나 카페가 없었지만 괜찮다고 생각했다. 조금만 가다 보면 식당은 많을 터이니 가로등 불빛에 기대어 길을 가면서 식당을 찾아보기로 했다. 마을을 조금 벗어나니 가로등마저도 없어지기 시작했고 길은 전혀 보이지 않는다. 순례길은 확실히 농촌마을이 많아 칠흑 같은 어둠이라 길이 전혀 보이지 않는다.

"라이트 장착!"

주섬주섬 짐 속에 고이 묻혀 있던 LED 라이트를 꺼내서 자전거에 달기 시작한다. 야간 라이딩도 아닌 새벽 라이딩이 될 줄이야.

의외로 아침을 먹을 식당은 쉽게 나오지 않았다. 15km를 거의 지나서 벤토사 근처에 가서야 아침에 문을 연 카페를 발견했고, 이르지도 늦지도 않은 아침을 우리는 먹게 되었다. 오늘은 나헤라와 산토도밍고를 거쳐서 벨로라도에 도착해야 한다. 거리는 약 60km지만 업-다운이 많은 낙타 등 같은 코스이다. 자전거 뒤에 실려 있는 짐만 아니면 훨씬 수월하겠지만, 생각보다 힘든 하루일 것 같다는 생각이 든다.

　벤토사를 지나 거칠고 가파른 비포장 길이 또 나온다. 자전거에서 내려 끌고 오르기를 반복한다. 그러다 보니 나헤라라는 도시가 나타난다. 어디선가 계속 총소리 같은 화약 터지는 소리가 주기적으로 들려오는데, 새를 쫓는 것 같다. 중세 사람들을 조형화한 재밌는 설치물을 만난다. 본인 얼굴을 넣고 사진을 찍는 것이라 이게 무엇이라고 다들 재미있게 사진을 찍게 된다.

　나헤라는 과거 기독교 왕국과 이슬람 왕국 사이에 완충 지대 역할을 했다고 한다. 그만큼 문화가 풍부한 도시였을 것이다. 로마 시대에 세워진 이 도시를 아랍인들은 '바위 사이의 도시'라는 의미인 나사라(Naxara)라고 불렀는데 산초 엘 마요르라는 왕은 나헤라를 왕국의 수도로 삼고 산티아고 순례길을 이쪽으로 지나가게 함으로써 도시를 발전시켰다고 한다. 이러한 배경으로 나헤라에는 산타 마리아 라 레알 수도원같이 훌륭한 건축물이 많다.

　나헤라를 떠나 20여km를 이동하니 산토도밍고에 도착한다. 도시를 10km 남겨 놓고 200m 상승 고도인 오르막길을 넘어야 도시에 도착할 수 있다. 정식 명칭은 "산토도밍고 데 라 칼사다"인데, 산토도밍고라는 성인이 이곳에 순례자들을 위한 성당을 짓고 순례자들을 위한 서비스를 많이 만들어서 순례자를 위한 도시로 만들었다고 한다. 그의 이름을 따서 도시와 성당의 이름을 지은 것이다.

이곳에는 닭에 대한 전설이 있는데, 독일 윈넨뎀이라는 도시에서 온 우고넬이라는 청년이 부모님과 함께 순례길을 여행하고 있었다고 한다. 그가 이곳 산토도밍고에 도착했을 때 묵은 여인숙 주인의 딸이 우고넬에게 반했던 모양이다. 그 여인숙 처녀는 우고넬에게 사랑을 고백했으나 우고넬은 그녀의 고백을 거절했다. 상심한 처녀는 우고넬의 거절에 앙심을 품었고, 그의 가방에 몰래 은잔을 숨겨놓고 그가 도둑이라고 거짓 고발을 한 것이다. 재판정에 끌려간 그는 억울함을 호소하였으나 유죄를 선고받고 교수형을 받게 된다. 그의 부모는 절망에 빠졌지만 기도를 하며 나머지 산티아고까지 순례길을 마쳤다고 한다.

돌아오는 길에 산토도밍고에 도착한 부모는 놀라운 광경을 보게 된다. 아들은 아직 교수대에 매달려 있었고 아직도 살아 있는 것이었다. 그리고 아들은 도밍고의 성인이 자신의 발을 받치고 있다고 말했다. 부모는 재판관의 집으로 달려가 자신들의 아들이 아직 살아 있다는 사실을 알렸으나, 마침 닭요리를 먹으려던 재판관은 핀잔이라도 주려는 듯 "당신 아들이 살아 있다면 내가 먹으려던 이 닭이 살아 있겠구려."라고 했고, 그 말이 떨어지자마자 닭들이 살아나서 큰 소리로 울었다고 한다. 크게 놀란 재판관은 우고넬을 나무에서 내리고 사면하였다고

한다. 그 이후 산토도밍고의 재판관들은 우고넬의 무죄를 믿지 않은 죄를 사죄하는 의미로 수백 년 동안 굵은 밧줄을 목에 걸고 재판을 진행했다고 한다.

이런 전설로 중세 순례자들은 수탉이 울면 좋은 징조로 여겼

다고 한다. 또한 이 전설 덕분에 1993년 산토도밍고과 독일의 뤼넨뎀은 도시 간 자매결연도 맺었다고 한다.

산토도밍고에서 간단한 점심을 먹고 오늘의 목적지 벨로라도 향해 페달을 밟는다. 이제 길은 해발 700m의 고원 지대로 이어진다. 아직 메세타 구간은 아니지만 황량한 고원의 느낌이 나기 시작한다. 길은 대체로 완만해지기 시작하지만 전체적인 오르막길이다.

길옆에는 해바라기밭이 많이 있는데 농사가 잘되지 않은 모양이다. 해바라기들이 작고 거의 죽어 있다. 아마도 농사를 망쳐서 추수를 하지 않은 상태로 방치된 것 같다.

벨로라도부터는 부르고스주다. 부르고스주라는 것은 그동안 라리오하 지방에서 카스티야이레온 지방으로 바뀐다는 것이고 이제 메세타 구간이 시작된다는 것이다. 이제 포도밭은 사라지고 서부 영화에서 볼 수 있을 것 같은 황야가 시작되는 것이다. 그 시작이 이곳 벨로라도이다.

　티론 강변에 위치한 도시인 벨로라도라는 이름의 어원은 '아름다움'
이라는 단어에서 왔다고 한다. 벨로라도의 성당, 까미노 길 문장으로
장식된 집, 마요르 광장에 있는 테라스가 있는 집들은 특유의 아름다
움을 뽐내고 있고 이곳만의 특징은 벽화에 있다.

　물론 벽화가 중세 시대부터 있던 벽화는 아니라 근래 그려진 것이겠
지만, 마을 특유의 아름다움과 잘 어우러져서 멋들어진 마을 모습을
자랑하고 있다.

Ver perfil de la etapa

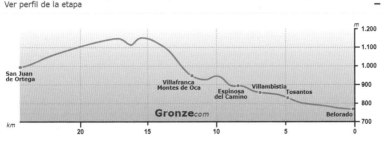

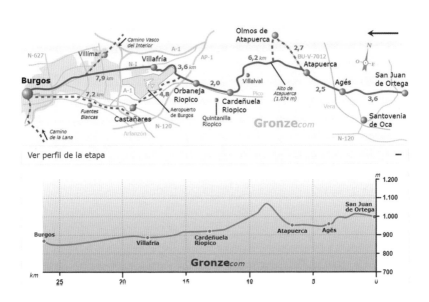

Ver perfil de la etapa

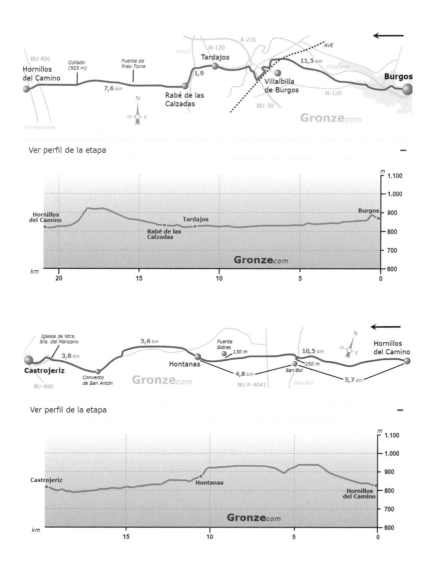

Ver perfil de la etapa

오늘은 벨로라도를 출발해서 카스트로해리스까지 90km를 넘게 달리기로 정했다. 평소 60km 내외를 달리다가 오늘만큼은 많이 달리려 하는 것은, 이곳부터는 거의 평지에 가깝기 때문이다. 벨로라도에서 산후안데오르테가 구간에 오카산(Montes de Oca)을 넘어야 하지만 그 이후부터는 거의 평지이기 때문이다. 부르고스에 도착해서 점심을 먹을 수 있다면 카스트로해리스까지는 무난히 도착할 것으로 기대했다. 물론 벨로라도를 나서자마자 넘어야 하는 오카산이 조금 높다. 1,150m쯤 되는데 이곳 벨로라도가 800m가 조금 안 되는 곳에 오르고 거리가 제법 되어서 경사도가 크지는 않다. 한발 한발 오르면 충분히 오를 수 있는 언덕이다.

   계획은 좋았다. 아침 7시 반 식사는 마쳤고 자전거에 짐도 실었다. 온도는 영상 4도. 10월 초이지만 많이 춥다. 더 큰 문제는 가랑비까지 내린다. 날이 어두워 출발할 수도 없다. 날이 밝아지며 비가 잦아들기를 기대해 보았다. 15분쯤 지났을까, 길은 보여도 비가 조금 더 오는 것 같다.
   어쩔 수 없다. 출발하는 수밖에. 이렇게 순례길에서는 비옷과 방수 장갑은 필수다. 하지만 대부분 비옷은 준비했는데 방수 장갑은 준비하지 못했다. 모두 우비를 꺼내 입었지만 비는 점점 거세지기 시작한다. 앞은 잘 보이지 않고, 고도가 올라갈수록 계기판의 온도계는 점점 떨어진다. 영상 2도. 손가락이 얼어붙어 기어 변속을 할 수가 없다. 몸은 덜덜 떨리니 라이딩이 가능하지 않다. 팀원들을 돌아보니 모두 나와 같은 상태이다. 다행히 카페가 하나 보인다. 불이 켜져 있고 안은 무척 따뜻해 보인다. 쉬어 가자는 나의 제안에 모두들 웃음꽃이 가득하다.
   따뜻한 카페 콘 레체와 크루아상으로 몸을 녹인다. 카페(CAFÉ)는 커피, 콘(con)은 '~와 함께', 레체(leche)는 '우유'를 뜻한다. 우리의 카페 라테와 같다. 따뜻한 아랫목이 그립고 참 비싸게 사서 하는 고생이구나 하는 이야기로 다들 해죽해죽 웃는다.

〈맥가이버 형님의 모습이다. 불과 몇 시간 사이에 10년은 더 늙어 보인다.〉

　계속 쉬고 있을 수만은 없다. 방수 장갑은 없지만 대신 주방용 비닐 위생 장갑을 장갑 밖에 끼워 본다. 이미 젖은 장갑이라 차갑긴 하지만 그래도 조금 낫다. 다행히 부르고스에 다가갈수록 비는 그치기 시작한다. 고원 지대의 가을은 매섭다. 가면서 특이하게 본 것은 가을이라 추수하고 남은 밀짚을 쌓아 놓은 것이 보인다. 우리나라에서 볏짚은 둥글게 원통 모양으로 쌓아 놓는데, 이곳에서는 밀짚을 사각형으로 쌓아 놓는다. 저렇게 건초로 만들어 수출한다고 한다. 신기하다.

　점심시간을 조금 넘겨서 우리는 부르고스에 도착한다. 언제 그랬냐
는 듯이 하늘은 멋지고 예쁜 파란색을 보여 주고 있다.

　부르고스는 중세 시대부터 눈부신 발전을 이룬 도시라고 한다. 과거
카스티야 왕국에서 중요한 전략적 거점이었던 것이 북쪽 해상에서의
연결과 동서 간 순례길에서 오는 산업이 부르고스를 역사적 문화와
예술적 자산을 갖게 하였다고 한다. 부르고스 대성당은 13세기에 지
어졌다. 스페인 고딕 건축물 중 프랑스의 영향을 받은 가장 빼어난 고
딕 양식 건축물로, 세비야, 톨레도에 이어서 스페인에서 세 번째로 큰
규모의 성당이라고 한다.

　자전거를 세우기 좋고 맛있어 보이는 식당을 찾았다. 웨이터가 무척
친절하나. 사전서를 주차할 창고를 열어 주고 우리의 자리를 하게 세
팅해 주고 요리를 추천해 준다.

갈리시아 출신이라고 자신을 소개한 그는 맛있는(좀 비쌌지만) 와인까지 추천해 주었다. 그리고 그들만의 레시피로 먹는 방법까지 친절하게 알려 주어 훌륭한 식사를 할 수 있다.

우리가 식당에서 "여기 뭐가 제일 맛있어요?"라고 묻고 그 믿음으로 음식을 주문하듯이, 메뉴에서 어렵게 고를 수도 있지만 "레코멘다(Recomendar)~"라고 간단하게 추천을 요청해도 그 식당의 시그니처 메뉴를 맛볼 수 있다.

부르고스를 떠나 다시 해를 따라 서쪽으로 달린다. 이곳부터는 진짜 메세타 구간이다. 부르고스부터 레온을 거쳐 아스트로가까지가 본격적인 메세타 지역이라 할 수 있는데, 메세타는 고도 900~1,000m의 고원 지대를 말한다. 메세타는 스페인 말로 탁자를 뜻하는데, 평평하고 높은 곳이라 그렇게 부르는 것 같다. 메세타는 도보 순례자에겐 지굿지굿한 구간이라 한다. 사막 같은 평원이 끝없이 펼쳐져 있고 바람이라도 강한 날은 너무 힘들어서 버스로 점프를 많이 한다고 한다.

하지만 자전거 순례 라이더에겐 더없이 멋진 길이다. 낮은 오르막길과 적당히 달리는 내리막길은 특히 임도를 좋아하는 라이더라면 환상의 길이다. 물론 도보 순례자와 마찬가지로 똑같은 풍경이 계속되지만 자전거의 속력 때문에 우리에겐 지루하지 않다. 오히려 그 풍광이 우리를 황홀하고 행복하게 한다.

비가 온 뒤의 하늘은 구름과 어우러져 더없이 아름답다. 밭이라고 하기엔 거의 돌밭이라 척박하기 그지없지만, 하늘과 맞닿은 지평선을 보며 달리는 것은 너무나 새롭다. 고도가 900~1,000m 내외를 오가며 평지처럼 달리는 길은 이젠 전혀 힘들지 않았고 도보 순례자를 지나가며 '부엔 까미노'를 외치는 것은 너무 신나는 라이딩이었다. 나바라 지방의 밀밭, 라리오하 지방의 포도밭처럼 지긋지긋한 업-다운은 이제 이곳에서는 없다. 먼지를 날리며 신나게 달리면 된다.

오르니요스델까미노를 거쳐 카스트로해리스로 달리는 길은 끝없이 고독한 황무지 길이다. 그 황무지 길을 달리면 메세타 한가운데 언덕 위에 위치한 카스트로해리스를 만난다.

사진처럼 황야 위에 불쑥 언덕이 솟아 있고, 그 위에 이 지역을 지키는 듯한 성곽이 올려져 있다. 많이 남아 있지 않은 성벽 안에는 오래된 유적과 수도원, 성당, 병원, 저택 등이 빽빽하게 자리 잡고 있다.

저녁 식사를 하기 전 성곽에 올랐다. 메세타의 펼쳐진 풍경과 일몰을 감상할 수 있었다.

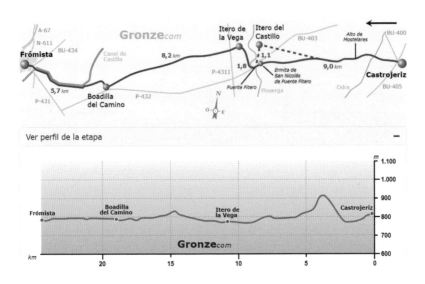

Ver perfil de la etapa　－

Ver perfil de la etapa　－

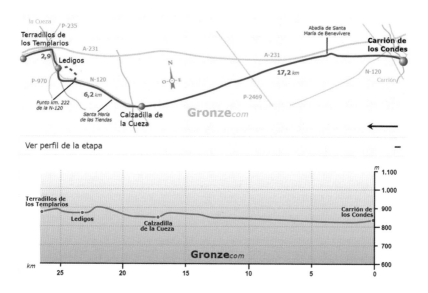

Ver perfil de la etapa

이제는 6시 기상, 씻고 정리하고 짐 챙기는 것까지 1시간, 30여 분의 아침 식사까지 몸에 배기 시작했다. 먹고 달리고 쉬는 것은 적응이 되어 가는데 빨래만큼은 여간 어려운 일이 아니다. 알베르게에는 보통 1에서 2개 정도의 세탁기와 건조기가 있는데, 사람 수만큼 세탁물도 많다 보니 내가 원하는 시간에 빨래하기가 어렵다.

대부분 같은 시간대에 도착하다 보니 빨래거리도 많고 비슷한 자전거 복장이라 섞이기도 쉽다. 보통 세탁기나 건조기는 3~5유로 정도인데, 작동 방식이 우리나라 제품들과 조금 달라서 밤새도록 돌렸지만 세탁이나 건조가 덜 되어 있는 경우가 많다. 이것도 여행의 후반이나 되어야 적응될 것 같다.

오늘도 빨래는 덜 말라 있었다. 대충 마른 옷을 입고 오전 7시 반, 영상 4도의 메세타로 길을 떠난다. 아직 어둑한 하늘 아래 시작부터 올라야 할 언덕이 보인다. 이제부터 올라야 하는 제법 높아 보이는 저 언덕은 어제 산 위에 올라가서 이미 보았다. 내일은 아침부터 저 언덕을 오르겠구나 하는 생각에 고된 다리는 미리 힘이 풀렸지만, 저 언덕을 오를 사람은 오늘의 내가 아닌 내일의 나일 터이니 괜찮다고 스스로를 위안했다. 부질없게도 내일의 나는 역시 나였고 그 언덕을 다시 오르고 있다. 하긴 날씨가 이렇게 쌀쌀하니 시작부터 이렇게 언덕을 오르면 몸도 예열되어서 좋겠다는 생각도 든다.

상승 고도는 150m밖에 되지 않지만 경사가 제법 된다. 사실 경사가 높은지도 잘 모르겠다. 많이 지쳐 있어 정상 체력이 아니고 자전거에 실려 있는 짐의 무게로 페달 한 발, 한 발이 너무 무겁다.

아무리 언덕이라도 걷는 사람보다는 조금 빠르기 마련인데 걷는 사람과 별 차이가 없다.

　의도한 것은 아니지만 여인 둘이 옆에서 걷고 있다. 한 명은 미국, 또 다른 하나는 브라질에서 왔고, 생장에서 출발한 지 2주가 좀 넘었다고 한다. 우리는 6일째이니 자전거가 3배 정도의 속도로 움직이고 있다. 물론 사람 나름이기는 하지만 도보 순례자의 경우 30~40일, 자전거의 경우 약 10~15일 정도의 시간으로 완주하고 있기는 하다.

　그녀들도 이곳 까미노의 아침에 흠뻑 취해서 힘든 줄 모르고 까미노를 걷고 있었다. 오늘도 메세타의 아름다운 아침이 시작되고 있다.

해가 오르니 기온도 조금씩 오르기 시작한다. 달릴 만하다. 오늘은 이곳 카스트로헤리스에서 프로미스타와 카리온데로스콘데스를 거쳐 칼사디야데라쿠에바까지 달린다.

이름도 어려운 이곳의 오늘은 약 60km의 길이고 언덕도 많지 않고 거의 평지의 길이다. 무난히 도달할 것으로 예상된다. 그런데 좀 지루하다. 해발 800~1,000m의 고지대는 돌밭과 황무지뿐이고 가슴 설레며 보았던 하늘과 닿아 있는 저 지평선은 이젠 가도 가도 끝이 없는 지루한 풍경이다. 자전거 순례자에게 이 정도인데 도보 순례자에겐 얼마나 지루한 길일까 싶다.

자전거가 시원하게 나가지 않는다. 아마도 이것은 보이지 않는 1% 미만의 오르막인 것 같다. 그 티도 나지 않는 오르막에 지평선만 바라보며 직진만 하다 보니 지루하고 조금은 짜증도 난다. 엉덩이가 더 아픈 것 같다. 역시 메세타 구간은 무엇보다 아름답지만, 또 지루하고 고독한 구간이기도 한 것 같다. 한여름 이곳을 혼자 걷는 상상을 해 본다.

그러다 카스티야 운하가 있는 곳, 프로미스타를 지난다.

순례길 중 프로미스타를 조금 못 가서 그 운하의 옆길을 따라 달리게 되는데, 19세기에 200km에 걸쳐 만들어진 이 운하는 내륙과 해안 사이의 물류를 담당했다고 한다. 그 당시에 물류를 위한 운하라니 많이 놀랍다. 근래는 배를 타고 운하를 관광하거나 말을 타고 운하 옆을 달리는 관광 자원으로 활용된다고 한다. 우리의 아라뱃길과 비슷한 것 같다. 또한 이곳 프로미스타는 치즈로 유명하다고 한다. 산 마르틴 성당 옆에 치즈 박물관도 있는데 프로미스타에서 생산되는 치즈의 공정과 도구를 볼 수 있고, 이곳의 치즈는 옛날부터 왕실에 치즈를 공급하게 되면서 치즈 제품의 라벨에도 왕가 공급 업체라고 표시되어 있다고 하니 시간이 된다면 박물관에 들러 치즈를 맛보는 것도 좋다.

점심시간이 되어서 우리는 카리온데로스콘데스에 도착한다. 이곳은 프랑스 길 중간에 위치해서 까미노의 심장이라고 불리는 곳이기도 하다. 물론 스페인 입장에서는 그들의 국토인 론세스바예스부터 까미노를 시작한다고 생각하기에 내일 도착하는 사아군을 프랑스 길의 중심으로 이야기하지만, 우리가 걷거나 라이딩을 시작하는 생장을 시작점으로 본다면 이곳 카리온데로스콘데스가 중간 지점이 맞다.

이름도 어려운 이곳 카리온데로스콘데스는 순례자의 눈과 입을 즐겁게 해 줄 수 있다. 먼저 16세기에서 19세기 사이에 지어진 아름다운 건축물들이 많이 있는데, 히론 가문의 집, 로마나 가문의 집, 눈물의 집 같은 귀족들의 집도 볼 수 있고 전설의 샘도 있다.

이슬람교도 여인인 술리마와 사랑에 빠진 알폰소 왕이 그녀와 만나기로 했던 샘 앞에서 술리마가 나타나지 않자 샘에 저주를 내렸고 몇 시간 후 늦게 도착한 술리마가 그 샘의 물을 먹고 죽었다는 술리마이 샘도 재미가 남다르다.

또, 아마르기요라는 쓸쓸한 맛이 나는 과자도 이곳에서 맛볼 수 있
는 특산품이다.

이제 전체 여정에서 절반을 달렸고 오늘의 길은 지루함 그 자체였
다. 아마도 내일의 길도 그러할 것 같다. 순례길이 절반을 넘어가서 아
쉬웠는지 잠깐 착각을 해 버렸고, 도착해야 할 곳 '칼사디야데라쿠에
바'에서 6km를 더 가서 레디고스까지 가 버렸다. 이미 숙소를 예약했
기에 다시 돌아가야 했고, 왕복 12km를 더 달렸더니 팀원들은 농담
으로 전체 인원을 이렇게 헛고생을 시키는 것에 대해 리더로서 어떻
게 보상할 것인지를 강력하게 요구했다. 내일부터 이런 실수는 더욱
많은 횟수와 더욱 긴 거리로 반복될 수 있다는 나의 협박에 그들의 민
원은 사그라졌다.

벌써 까미노 여행의 중간을 지나고 있다니 성취감보다는 아쉬움이 더욱 든다. 코로나 팬데믹으로 3년간 오고 싶어도 오지 못한 이곳에 어렵게 왔기에 더욱 이 시간과 남은 거리가 아깝게도 느껴진다.

군 시절 유격 훈련을 가면 훈련이 많아 배가 많이 고팠지만 오히려 밥양은 적게 주었다. 그러다 보니 밥을 먹으면서도 나의 식판이 비어 가는 것이 너무나도 안타까웠던 그 시절의 기억과 비슷한 느낌으로 이 밤을 맞는다.

잠자리가 불편했는지 자다가 깨서 잠이 쉽게 들지 않았다. 이럴 때 는 포기하고 바람이나 쏘이는 것도 방법이다 싶어 밤공기를 마시고자 알베르게 숙소를 나왔다.

그곳에 선물이 기다리고 있었다. 지금은 우리나라 어디 가서도 보기 힘든 별들을 그곳에서는 볼 수 있다. 어린 시절에 보았던 은하수들. 너 무 커서 무섭기까지 한 별들이 그곳에 있었다. 해발 1,000m가 넘고 주변에 도시의 광공해가 없는 곳이기에 볼 수 있었던 선물인 것 같다. 사진으로 남길 수 없는 것이 너무 안타깝다.

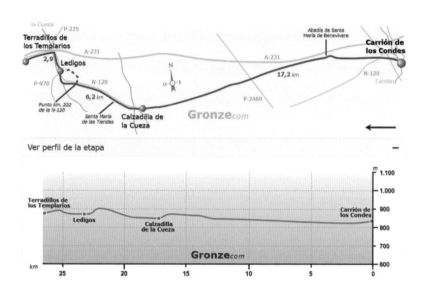

Ver perfil de la etapa

Ver perfil de la etapa

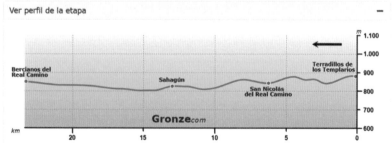

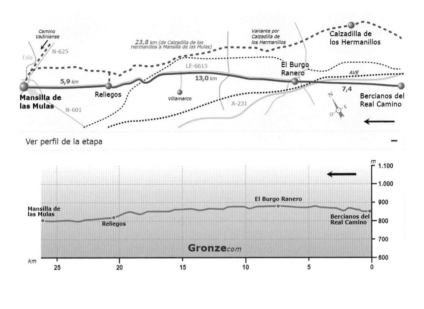

Ver perfil de la etapa   —

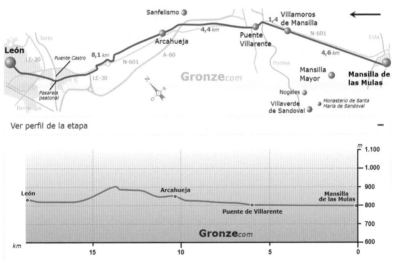

Ver perfil de la etapa   —

　오늘은 아주 편안한 길이다. 앞의 고도 표를 보면 알 수 있듯이 언덕이런 거의 없다. 조금 지루하겠지만 힘든 고개는 없다는 것이 위안이 된다. 또 하나는 체력이 회복되고 있다는 느낌이다. 출발하자마자 피레네를 넘게 되며 피로해진 허벅지와 종아리는 이따금 쥐가 나기도 했고 피로는 계속 쌓여 기운이 회복되지 않았다.

더욱이 리더의 입장이다 보니 맨 앞에서 바람을 혼자 막고 가는 것도 표현은 못 해도 여간 힘에 부치는 일이 아니었다. 아직은 달릴 만해서 선두를 다른 팀원에게 부탁하지는 않았지만 슬슬 부담스럽기 시작하던 차에 다시 체력이 돌아오는 느낌이다.

피레네를 넘고 2~3일간의 체력이 50% 정도였다면 지금은 80~90%는 되는 느낌이다. 일주일 정도 지나면 근육에 쌓인 젖산도 서서히 분해된다고 하더니 그 말이 사실인 것 같다. 그 무겁던 뒷자리의 캐리어와 짐도 이제는 그렇게 부담스럽지 않다.

오늘은 어제 레디고스까지 왕복 12km를 달린 길을 다시 6km를 다시 달리면서 시작한다. 그것을 포함해서 약 80km의 거리이고 완만한 오르막이 조금 있을 뿐 어렵지 않은 코스이다. 오늘도 출발 길에서 멋진 일출을 본다. 메세타의 일출은 지평선에서 맞는 일출이라 우리가 보던 일출과 달라서 자꾸만 뒤돌아보게 만드는 것 같다.

사아군이라는 도시를 지난다. 이곳은 프랑스 길의 공식 하프 포인트 (Half Point)가 있는 곳이다. 우리는 생장에서 출발했기에 이미 하프 포인트를 지났지만 이들은 스페인 지역만 고려한 론세스바예스부터 기점을 산정한다고 한다.

사아군은 성인의 이름 베르나디노 데 사아군에서 유래가 되었다고 한다. 건축 방식이 돌 대신 벽돌을 사용하는 로마네스크-무데하르 양식이라고 한다. 다른 도시들과 건물, 탑, 아치 등이 조금 독특한 모양새를 갖고 있다.

순례길을 달리면서 새삼 느끼게 되는 것은 우리나라 대한민국 사람이 생각보다 많다는 것이다. 통계를 찾아보았는데, 22년도 1월부터 12월까지 산티아고에 도착하는 사람은 438,323명이고 그중 대한민국 국적을 가진 사람은 4,157명이었다. 수치상으로 0.9%로 1%도 못 미치는 비중이기는 했지만 왠지 5%는 넘는 느낌이었다. 반가워서 더 많게 느껴지는 것 같다.

놀라운 사실은 자전거를 타고 달리다 보면 당연히 도보 순례자를 자연스럽게 추월하게 되는데, 도보 순례자의 뒷모습을 보면 한국 사람임을 대번에 알 수 있었다. 95% 이상의 확률로 맞추곤 했는데 버프와 모자, 배낭 등으로 뒷모습이 많이 가려져 있었지만 그럼에도 불구하고 한국 사람은 자세와 걷는 모습, 체형 등이 묘하게 달랐다.

뒤에서 달려가며 "대한민국 힘내라!" 하고 응원의 소리를 외쳐 주면 여지없이 활짝 웃는 모습으로 뒤돌아보았고 서로 격려의 웃음을 나눌 수 있었다.

〈순례길을 걷고 있는 우리의 자랑스러운 대한민국 순례자〉

엘부르고라네로, 만시야데라스물라스, 이름도 어렵고 경치도 비슷비슷한 마을을 지난다. 엄청난 광경의 메세타도 이젠 조금 힘들다. 표시석은 360km가 남았다고 한다.

이젠 정말 남은 시간이 아깝다. 이제 6일 후면 산티아고에 도착한다고 생각하니 아쉬운 마음이 더욱 커져서 곶감 빼먹는 기분의 그것과 같다.

그리 어렵지 않은 포르티요 언덕을 넘으니 메세타의 중심 레온에 도착한다. 이미 포르티요 언덕부터 시내가 시작되어 있다. 숙소에 짐을 풀고 레온 성당을 구경하기로 한다. 옛날 레온은 주변에 금광이 많아 이곳에 모이기 시작해서 1세기경 로마에 의해 도시가 형성되었다고 한다. 레온은 1년 내내 축제가 끊이지 않는 곳이기도 한데 부활절에는 좀 섬뜩하기도 한 '유대인 죽이기[2]'라는 행진이 있고, 쓰레기차에 치여

---

2) 다행히 진짜 유대인을 죽이는 것은 아니고, 포도주에 레몬, 설탕, 과일을 넣은 차를 마시는 것이라 한다.

죽은 어떤 거지를 기리는 헤나린 매장(Entierro de Genarin) 등을 보면 이 고장 사람들은 놀기 위해서 무엇인가 이유를 계속 만들어 내는 사람들이란 생각이 든다. 또 5~6월에는 클래식 음악 축제, 9~10월에서는 레온 성당에서 오르간 축제도 있다(실제 엄청난 크기의 파이프 오르간이 있다).

스페인 역사상 가장 위대한 건축물로 불리는 레온 성당은 건축 당시에 두더지 때문에 많은 어려움이 있었다고 한다. 석공들이 밤낮을 일해서 건물을 올려놓으면 거대한 두더지가 밤에 나타나서 건물을 망가뜨려 놓았다고 한다. 화가 난 석공들은 올가미를 쳐서 두더지를 잡아 죽였고 죽은 두더지 가죽을 벗겨서 문에 걸어 놓고 난 후에야 더 이상 두더지가 나타나지 않았다고 한다.

13세기부터 16세기까지 4세기에 걸쳐 지어진 레온 성당은 프랑스식 고딕 양식의 걸작으로 불린다. 7유로의 입장료가 있지만 내부의 아름다움은 표현하기 어려워서 꼭 들러 보기를 권한다. 성당 내부에는 다도의 성모상이라는 것이 있는데 성모 마리아가 아기 예수를 안고 있는 모습이다. 본래 이 성모상은 대서양 북쪽에 있었다고 하는데 그곳의 병사 한 명이 주사위 노름으로 돈을 많이 잃었고 마침내 화가 나

서 주사위를 던진다는 것이 성모상의 아기 예수 이마에 맞았던 것이다. 그런데 그 아기 예수의 이마에서 빨간 피가 흐르기 시작했고, 놀란 병사는 예수님께 참회하고 남은 인생을 기도와 헌신으로 보냈는데 사람들은 더 이상 이런 일이 없도록 레온 대성당으로 성모상을 옮겼다고 한다.

오늘은 중간 휴식의 기념으로 호텔에서 묵기로 했다. 2층까지 힘들게 오르내리지 않아도 되는 푹신한 침대, 넓은 샤워부스, 풍성한 호텔 조식 생각만 해도 기분이 좋아진다.

　그런데 불편한 환경이 주는 행복도 있는 것 같다. 알베르게에서는 좁은 샤워부스 안에서 뜨거운 물에 샤워하면서 행복감을 느꼈는데 넓고 편한 이곳에서는 그런 행복감이 조금 부족하다. 옆의 형님이 알베르게 체질이라고 놀린다. 그래도 오늘은 잘 쉬도록 하자.

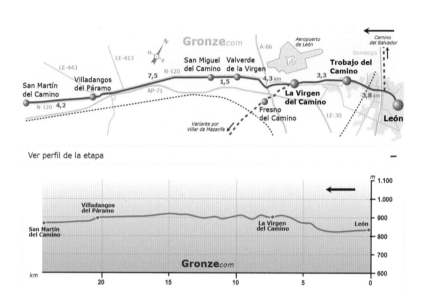

Ver perfil de la etapa

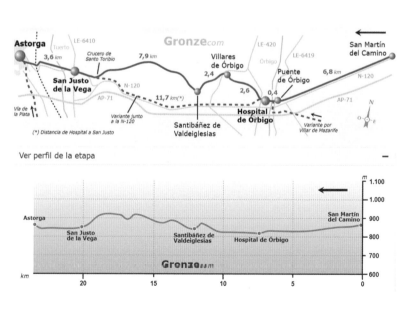

Ver perfil de la etapa

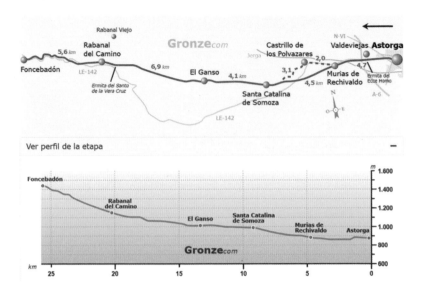

　오늘은 레온을 시작해서 산마르틴델까미노와 아스트로가를 거쳐 라
바날델까미노까지 달릴 생각이다. 아스트로가까지만 가면 메세타고
원 지역은 이제 끝이다. 아스트로가부터는 언덕이 시작되고 그 이후
철 십자가가 있는 레온산맥을 넘어야 한다.

　소위 행복 끝, 고생 시작인 셈이다. 레온산맥의 정상인 포센바돈까
지 한꺼번에 넘으면 많이 힘들 것이니 중간 지점인 라바날델까미노에
서 숙박을 하고 다음날 나머지를 올라 체력을 안배하는 꾀를 냈다. 레
온을 떠나며 이제부터 마지막 고생이 시작된다고 생각하니 작은 한숨
이 내쉬어진다.

　산마르틴델까미노를 지나 오스피탈데오르비고에 도착한다. 긴 다
리가 나타나는데 까미노에서 가장 유서 깊은 다리라고 한다. 뜻은 '명
예로운 걸음의 다리'이다. 15세기경 '돈 수에고'라는 기사는 사랑하는
그의 연인에게 기이한 약속을 했다고 한다. 그 사랑을 증명하기 위해

매주 목요일마다 목 칼을 차고 다니기로 약속한 것이다. 만약 그 약속을 지키지 못하면 300개의 창을 부러뜨리거나 다리 위에서 한 달 동안 결투를 하겠다는 약속을 한 것이다. 지금 말로 참 허세가 대단한 양반이었던 것 같다. 한편으로 돈키호테를 생각하면 이곳 사람들의 성향이 좀 그런가 싶기도 하다. 아무튼 그는 곧 매주 목요일마다의 약속에 지쳐 버렸고 목 칼을 벗기 위해서 결투를 하게 해달라고 왕에게 허락을 받는다. 유럽 전역의 기사들에게 명예로운 결투를 청하는 편지를 보냈고 한 달간의 결투를 다리 위에서 진행했다고 한다.

수십 명의 부상자와 사망자까지 나오고 나서야 결투는 마무리되었고, 돈 수에고는 목 칼을 벗을 수 있었지만 그는 24년 뒤 다른 기사에 의해 죽임을 당했다고 한다. 그 후 사람들은 그의 약속을 기리기 위해 매년 6월 첫 번째 주말에 도시를 중세식으로 꾸미고 중세 시대의 옷을 입고 축제를 즐긴다고 한다. 가능하면 이때를 맞추어 가면 더 풍성한 까미노를 즐길 수 있을 것 같다.

 아스트로가를 조금 못 미쳐 메세타고원 지대의 끝에 이르면 황무지 한가운데 마치 오아시스 같은 카페가 나오는데, 테이블 위에 과일, 과자, 음료 등이 가득 있고 돈을 받는 사람은 보이지 않는다. 기부제 카페이다. 사실상 돈을 내지 않아도 뭐라 할 사람은 없는 상태이지만 대부분 1~2유로 정도의 먹은 만큼의 돈을 내는 분위기다. 우리도 8명이 먹었으니 넉넉히 20유로를 냈다.

까미노에는 기부제로 운영되는 카페나 알베르게가 많다. 다만 이곳을 공짜라고 인식하는 것은 곤란하다. 이곳들도 기부된 돈으로 운영되는 곳이어서 자꾸만 운영이 악화되고 있다고 한다. 다음 사람이 이용할 요금을 내가 낸다는 넉넉한 마음을 까미노에서 찾아갔으면 한다.

조금 더 가면 아스트로가 시내가 내려다보이는 곳에 돌로 된 십자가가 우뚝 서 있다. 바로 산토 토리비오 십자가이다.

5세기경 당시 아스트로가의 주교였던 토리비오가 억울한 누명을 쓰고 도시에서 쫓겨났다고 한다. 아스트로가가 내려다보이는 이곳에서 그는 "아스트로가 소유라면 먼지도 가져가지 않겠다."라고 하며 샌들의 먼지까지 떨어냈다고 한다. 훗날 토르비오의 누명을 알게 된 사람들은 그를 기리는 십자가를 이곳에 세웠다고 하는데, 이곳에서는 아스트로가의 아름다운 전경과 레온산을 배경으로 한 투에르토(Tuerto) 강도 선명히 보인다. 아스트로가에 도착하면 아름다운 도시임을 바로 느낄 수 있다. 산타마리아 대성당, 가우디가 건축한 주교궁, 시청과 외곽 성벽까지 바로크 양식의 아름다움의 예술적 유산들을 가득 만날 수 있다.

재미있는 이야기는 이곳에서 최초의 가톨릭 이단으로 불리는 프리실리아노가 처형되었다고 한다. 그가 처형된 후 그의 추종자들은 그의 시신을 수습하여 그의 고향인 갈리시아 지방으로 데려갔는데, 그들이 거쳐 간 길이 까미노 데 산티아고와 같다는 것이다. 이러한 이유로 산티아고 순례길이 폭발적으로 유명해졌다는 이야기도 있다.

지금도 이단 교도들이 산티아고 순례를 가장하여 프리실리아노의 무덤을 찾아간다고 한다.

〈아스트로가의 산타마리아 성당〉

아스트로가를 지나면 메세타 구간은 끝이다. 이제는 긴 오르막 구간이 시작된다. 앞으로 보이는 레온산맥을 바라보며 24km를 달려야 하고 고도는 870m에서 1,150m로 올라간다.

오늘의 도착지 라바날델까미노는 비탈길에 위치한 고즈넉한 시골 마을이지만, 까미노 순례자를 위한 안내판도 비교적 잘 설치되어 있고 문화도 풍부한 깨끗한 마을이다.

마을 끝자락에 있는 세소 성당은 어느 정직한 마부에 의해서 지어졌는데, 어느 상인이 그 마부에게 상자를 맡기며 곧 찾으러 가겠다고 했지만 마부가 늙은이가 되어도 그 상인은 찾아오지 않았다. 뒤늦게 상자를 열어 본 마부는 그 상자에 보석이 가득한 것을 알게 되었다고 한다. 정직한 마부는 상자를 돌려줄 수 없음을 깨닫고 마을에 세소 성당을 짓는 데 그 보물을 봉헌했다고 한다.

이곳은 레온산의 중간 능선에 위치하고 있어서 마을의 길이 경사가 심하다. 그 길을 타고 도착한 오늘의 알베르게에 특식이 기다리고 있

었으니, 그것은 라면이다. 주인은 스페인 사람이지만 한국인의 입맛을 고려해서 라면과 김치 그리고 햇반을 팔고 있다.

보는 바와 같이 라면과 김치는 7유로이고 공깃밥(햇반 절반)은 1.5유로이다.

라면 끓이는 솜씨가 나쁜 편도 아니고 김치도 공수해 오는 것 같다. 아침으로 든든히 먹고 출발하면 레온산맥의 철 십자가까지 오르기 수월할 것 같다.

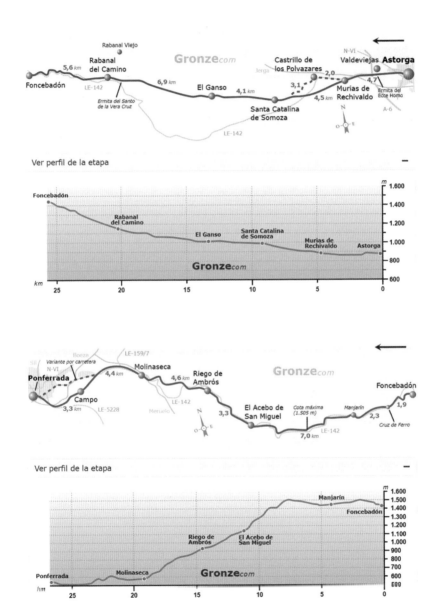

Ver perfil de la etapa

Ver perfil de la etapa

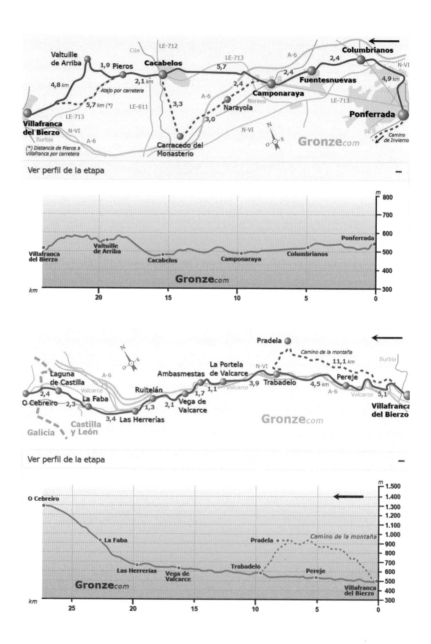

까미노의 프랑스 길에 있는 3개의 큰 고개, 첫 번째는 피레네산맥,
두 번째 포센바돈이 있는 레온산맥, 마지막이 포이오 언덕이다.

모두 1,400~1,500m의 높은 고개이지만 생각해 보면 차라리 이렇게 높은 고개를 넘는 것은 그렇게 힘들지 않았던 것 같다. 볼 수 있는 풍광도 아름다웠고 어차피 긴 고개라고 생각하니 마음도 편했던 것 같다. 오히려 100m 정도로 낮지만 지속되는 고개들이 우리를 더욱 지치게 했던 것 같다. 아무튼 오늘은 그 두 번째 고개를 넘는다. 내일도 세 번째 고개를 넘어야 하니 오늘과 내일이 가장 힘든 고개를 넘는 날이 될 것 같다.

아침으로 라면과 공깃밥으로 든든히 배를 채웠다. 얼큰한 국물이 들어가니 속이 확 풀리면서 역시 한국 사람은 얼큰한 것이 들어가야 한다며 모두들 활짝 웃는다. 라면 한 그릇으로 행복해질 수 있는 곳이다.

고도 표에서 보면 알 수 있듯, 우리는 이미 1,150m에 올라 있고 1,500m까지 조금만 오르면 철 십자가까지의 거리는 8km 정도이다. 막상 오르다 보니 경사도는 높지 않다. 문경에 있는 이화령 정도의 경사도라서 천천히 체력 안배를 하며 오르니 그렇게 힘들지는 않다. 이곳도 뒤돌아볼 때마다 올라온 아름다운 길에 다시 기운을 낸다.

정상을 약 2~3km 남기고 국제 전화가 온다. 지역 번호가 이곳 스페인인 것 같다. 누구일까 의아하게 생각하며 전화를 받는데, 스페인어다. 스페인어도 약한데 전화 통화로 이야기하니 무슨 말인지 알아듣기가 어렵다. 중간에 들리는 단어 하나가 귀에 꽂힌다.

"키(key)~~"

아뿔싸! 숙소의 키를 가지고 올라왔다. 알베르게의 주인은 어제 우리의 자전거를 보관하라고 창고를 빌려주었고 열쇠까지 우리에게 맡겼었다. 아침에 열고 나가고 카운터에 키를 걸어 달라고 했지만 나는 자전거를 창고에서 꺼내고 키를 주머니에 넣은 채로 출발을 해 버린 것이다. 다시 내려갔다 올라와야 한다니…. 너무 까마득하다. 평지의 헛걸음도 너무 힘든데 고갯길에서 도돌이표라니…. 난감하다. 자전거를 제일 잘 타는 맥가이버 형님이 혼자 다녀오기로 했다. 눈물 나도록 고맙다.

나는 본대를 이끌고 다시 오르고 철 십자가에서 만나기로 한다. 그렇게 정상 언저리에 오르니 평지가 나오고 2~3km 달리면 우뚝 서 있는 철 십자가의 모습이 보인다.

산티아고 순례길에서 가장 상징적인 구조물이기도 한 이 철 십자가는 생각과는 약간 다르다. 보지 못한 상태에서 상상한 철 십자가는 커다란 철로 만들어진 십자가였지만, 사실은 철 십자가의 철 부분은 아주 조금이고 5m 정도의 커다란 나무 지주 위에 올려져 있다. 그리고 그 아래는 돌로 3m 정도 쌓여 있다.

원래 이 언덕은 신성한 자리였던 것 같다. 선사 시대와 로마 시대에도 이곳에는 제단이 있었다고 하는데, 중세 시대부터 수도원에서 이곳에 십자가를 세우면서 순례자들이 십자가에 경배하며 고향에서 가져온 돌을 봉헌했다고 한다.

지금의 순례자들은 옛날의 관습을 조금 바꿔서 소망을 기록한 돌을 올려놓기도 하고 사진이나 쪽지를 남기기도 한다.

이제 폰페라다까지 내리막길이다. 기나긴 내리막길인데 주의가 필요하다. 경치에 취해 주의력을 잃기도 쉽고 오랜 내리막길이다 보니 자전거에 무리가 될 수도 있다.

내리막길 중턱에는 자전거 조형물이 있다. 산티아고를 자전거로 여행하다가 이곳에서 생을 마감한 독일인 하인리히 크라우스를 기리기 위한 첫게 조형물이라고 한다. 누구인지는 모르지만 순례길에서

생을 마감한 이들의 아픔은 어떤 것이었을까 하는 생각이 든다.

실제 내리막길이 12~3km로 너무 길다 보니 브레이크 패드의 소모량도 많다. 한국에서 출발 전 예방 정비 차원에서 브레이크 패드는 미리 교체하고 출발하는 것이 좋다. 긴 내리막길로 브레이크 패드 마모가 많을 수도 있기 때문이다. 또, 내리막길에서도 브레이크에 무리가 될 수 있으니 사람도 자전거도 쉬면서 내려가도록 권하고 싶다. 브레이크를 오래 잡고 내려가면 브레이크액에 베이퍼록 현상이 생겨서 브레이크가 전혀 작동되지 않는 상태까지 발생할 수 있으니 조금씩 쉬면서 내려가기를 권한다.

내리막이 끝나면 몰리나세카를 거쳐 템플기사단의 도시 폰페라다에 도착한다. '철로 만든 다리'라는 뜻을 가진 이 도시는 로마 시대부터 산업의 중심지이기도 하고 경제적으로 융성한 도시였다고 한다.

12세기 순례자의 안전을 지키기 위해 이 도시를 템플기사단에게 맡겼고, 성벽을 세우고 순례자들을 보호하고 돌보는 역할을 했다고 한다.

금방이라도 은빛 갑옷을 입은 기사들이 튀어나올 것 같은 이 성은 감시용 망루에도 오를 수 있고 투석기 등의 전투용 장비도 볼 수 있다. 유료이기는 하지만 시간을 내서 둘러보기를 권한다. 중세 성곽의 방어 체계 등을 상상할 수 있는 좋은 시간이 될 수 있다.

폰페라다를 떠나 카카벨로스를 지나 비야프랑카델비에르소에 도착한다. 대한민국 사람이 산티아고 순례길에 열광하도록 했던 그 마을이 이곳인데, 나영석 PD가 연출하고 차승원, 유해진, 배정남이 출연했던 '스페인 하숙'의 촬영지다. 마을은 스페인의 어느 마을에도 뒤지지 않게 예쁘다. 스페인 하숙이 촬영된 알베르게는 한국 사람에겐 유명한 곳이 되어 버렸고, 사실 그 정도의 시설은 매우 훌륭한 편에 든다고 볼 수 있다.

대문과 건물 그리고 마당이 익숙해서 인증샷을 찍게 된다. 신기한 마음에 둘러보지만 사실 특별한 것은 없다. 다만 문 닫은 수도원을 개조한 곳이어서 넓은 마당과 수수로 여유료은 시간을 보낼 수 있기는 하다. 지금은 새로운 주인이 운영한다고 하는데 그 불친절과 베드버그 같은 불결함으로 후회가 많다고 한다. 살짝 구경만 하고 떠나는 것이 옳은 것 같다.

이곳에서 17km 정도 이동하면 오늘의 목적지인 베가데발카르세에 도착한다. 국도와 순례자 도보 길이 계속 나란히 이어진다. 그래서 국도를 따라 이동하는데 살짝 오르막이라 약 10% 정도 속도가 떨어지는 느낌이다.

〈'작은 문'이라는 뜻을 가진 라포르텔라의 표시석이다.〉

190km가 남았다. 이미 600km를 넘게 달려온 셈이다. 이곳에서 3km 정도만 더 가면 우리는 마지막 언덕길인 오세브레이로로 가는 언덕의 시작점, 베가데발카르세에 도착한다.

이곳은 아주 조용한 전원 마을이라 걱정이 조금 되었지만 있을 것은 다 있는, 편의시설이 비교적 잘 갖추어진 산골 마을이다. 슈퍼마켓도 있고 식당도 있고 미장원도 있다. 오늘 숙소도 단층 침대인 펜션인데, 알베르게 가격인 15.5유로에 아침 식사까지 포함이다. 방도 침대도 깨끗하고 주인도 친절하다. 방도 쓸 수 있도록 배려해 주었고 개울에서 물 흐르는 소리도 정겹게 들리는 너무 좋은 숙소다.

미장원에서 도란도란 이야기하며 머리를 손질하는 주인과 손님의 모습도 포근해 보인다. 펜션 주인이 무엇인가 음식을 해서 미장원 주인과 나누어 먹는 모습은 우리의 시골 모습과 겹쳐 보였다. 어릴 적 어머니가 무엇인가 음식을 하시면 옆집에 배달을 하고, 또 무엇인가를 얻어 오곤 했었는데 그들의 모습에서 옛 기억이 살아난다.

요리가 하고 싶어졌다. 슈퍼마켓도 있으니 오늘은 쌀과 야채를 사서 오므라이스라도 요리해서 팀원들을 기쁘게 해 주고 싶다(물론 오므라이스는 만들어졌고, 맛있다는 팀원들의 대답과는 달리 표정은 그리 행복해 보이지 않았다).

이 시골 마을에는 뜻 모를 조형물이 있다. 까미노와 연관된 것인지는 알 수 없지만 조금 흉물스럽기도 하다.

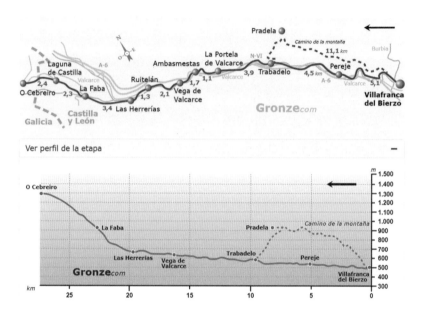

Ver perfil de la etapa

Ver perfil de la etapa

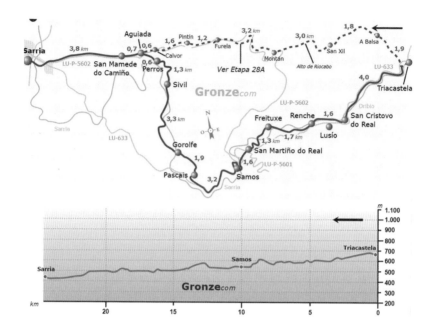

오늘은 마지막 고개를 넘는 날이다. 피레네도 넘었고 철 십자가의 레온산도 넘었는데 이것은 못 넘겠나 싶은 마음으로 시작했지만, 오만한 예상이었다. 경사도가 다르다.

10~13% 대의 경사도가 많은 것 같다. 그래도 이것만 넘으면 큰 어려움은 없을 것이라는 마음으로 스스로를 격려하며 산을 오른다.

그동안 달렸던 카스티야이레온 지방과 갈리시아 지방의 경계이기도 한 이곳은 고원 마을인 오세브레이로를 지나서 1,335m의 포이오 언덕을 넘음으로 순례길의 큰 고개는 마무리하게 된다. 시작하는 베가데발카르세의 높이는 약 630m이니 700m 이상을 올라가야 한다.

　이곳의 아침은 전형적인 시골길인 목가적 풍경이다. 피레네는 뻥 뚫린 시야로 장엄한 느낌의 아름다움이 있다면 이곳은 좀 더 우리의 시골길 같은 포근한 아름다움이 느껴진다. 다만 경사도는 다른 고개보다는 더 높아서 힘들기도 하다. 제일 낮은 기어를 활용해서 천천히 살방살방 오른다. 2시간 반 정도 올랐을까, 어느덧 1,200m 높이에 이르고 우리의 마지막 목적지 산티아고데콤포스텔라가 있는 갈리시아 지방이 시작된다.

　카페에 들러 따뜻한 커피를 즐기며 휴식과 경치를 즐긴다. 1,200m 높이까지 땀 흘리며 오른 후에 신선한 공기와 커피가 너무 잘 어울린다는 행복감을 즐긴다.

고도가 높아졌는지 어느덧 주위에 그렇게 많던 밤나무는 거의 사라지고 오세브레이로에 도착했다. 아침에 언덕으로 12km 정도 올라온 것이다. 이곳까지 오니 숨을 헐떡이게 했던 높은 경사의 언덕은 다행스럽게도 이제 없다. 다소 완만한 산로케 언덕과 포이오 언덕을 넘으면 된다.

오세브레이로에서 기운을 내서 4km 정도의 완만한 언덕길을 지나면 산로케 언덕이 나온다. 이 언덕에는 누구나 기념사진을 찍고 가게 만드는 순례자 동상이 있다. 어떤 역사적 유래나 전설을 기념하는 동상은 아니지만, 거센 바람에 날아갈 듯한 모자를 부여잡고 지팡이에 의지해 한 발씩 나아가는 순례자의 모습이 잘 표현된 동상이다. 이 동상은 눈이 오나 비가 오나 순례자에게 길을 가르쳐 주는 이정표 같은 역할을 해서 여러 가이드북에도 꼭 등장해서 보았던 동상이기도 하다.

그곳 산로케 언덕에서 5km 정도만 더 가면 포이오 언덕이다. 언덕 끝에만 오르막이 있다. 이곳부터는 20여 분간 신나게 달리는 내리막길이 기다리고 있다. 거리상으로는 13km, 높이는 1,335m에서 665m로 많이 내려온다. 그동안의 고생을 보답해 주듯 아름다운 풍광과 바람은 나를 행복하게 해 준다.

 그렇게 내려와서 도착한 곳은 트리아카스테냐. 이곳에서의 까미노
는 두 갈래로 이어지는데 사모스 길과 산실 길이다.

 사모스 길은 거의 평지로 사모스를 거쳐 사리아에 도착하고 산실 길
은 다시 언덕을 올라 산실을 거쳐 사리아로 도착하게 된다. 물론 산실
길이 7km 정도 짧고 풍광이 좀 더 좋다고 한다. 하지만 우리는 자전
거라서 힘든 산실 길보다는 사모스 길을 선택하기로 했다.

 그 길의 중심에 있는 사모스에는 갈리시아에서 가장 아름다운 건축
물 중 하나인 산 훌리안과 산타 바실리사 왕립 수도원이 있다. 6세기
부터 그 기원이 있는 이 수도원은 옛날부터 워낙 은둔하기 좋은 사리
아의 울창한 숲속에 묻혀 있어 머리 위 수직으로 올려 보아야만 별을
볼 수 있었다고 한다.

까미노에서 가장 중요한 유적지인 이곳은 최근 개발의 영향으로 점점 그 모습을 잃어 간다고 한다. 사람 사는 곳은 어디나 있는 지역 이기주의가 존재하고 문화재를 지키려 노력하는 자와 개발을 통해 이익을 꾀하려는 자와의 충돌은 여기에도 같은 문제인 것 같다.

　　아무튼 사람들마다 평가의 차이는 있겠지만 많은 사람이 이 사모스 루트를 까미노에서 가장 아름다운 길이라고 한다. 아마도 거대한 자연이 주는 장엄하고 엄숙한 아름다움은 아니지만, 목가적인 풍경과 커다란 고개를 끝내고 완만한 내리막길이 주는 편안함 등이 어우러져 행복한 마음을 이 길이 선사해 주는 것 같다.

〈오늘의 마지막 도착지 '사리아'〉

　　까미노 데 산티아고에서는 절대적으로 빼놓을 수 없는 도시이다.

　　순례길에서 가장 짧게 도보 완주를 하고자 할 경우 이곳 사리아에서 출발한다. 전체 거리는 120km 정도인데, 완주 인증서는 100km 이상을 걷는 것을 최소한의 규정으로 두기 때문에 이곳 사리아에서 출발하는 사람이 많다. 따라서 순례객의 수는 이곳에서 폭발적으로 증가한다. 자전거를 타고 순례길에 오른다면 도보 순례자들과의 물리적 접촉은 물론이고 정서적인 갈등이 없도록 각별히 주의를 기울여야 한다.

이곳 사리아는 강가를 따라 카페와 선술집들이 즐비하고 사람들은 여유롭게 차나 와인을 즐기고 자전거를 타는 아이들, 산책하는 부부들의 모습이 행복하게 느껴진다.

사리아에서 빼놓을 수 없는 요리는 단연 문어 요리인 폴포(pulpo)다. 삶은 문어를 고추와 올리브유 등으로 조리한 요리다. 풀페리아(Pulperia) 등 전문 음식점을 이용하는 것도 좋다.

Ver perfil de la etapa　　　—

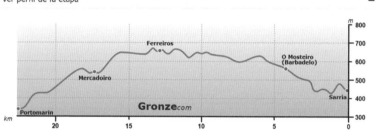

Ver perfil de la etapa　　　—

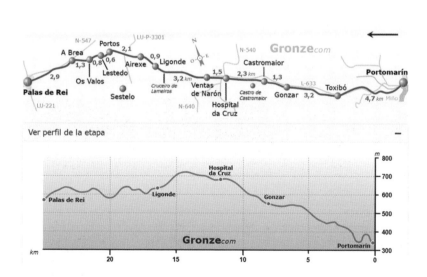

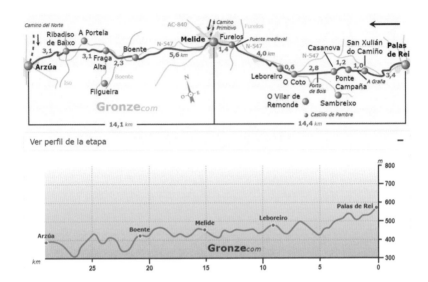

Ver perfil de la etapa —

오늘은 사리아를 출발해서 포르토마린, 팔라스데레이를 거쳐 아르
수아까지 달린다. 오늘도 이른 아침에 바게트, 버터, 커피, 우유, 시리
얼로 매일 같은 아침을 먹고 길을 서두른다.

앞 장에 이야기했듯이 사리아부터는 순례객의 수가 폭발적으로 증가한다. 자전거 입장에서는 정상적 주행이 어려울 정도로 사람이 많은 곳도 있다. 개별적으로 삼삼오오 출발하는 사람들도 있지만, 어떤 경우 여행사를 통해 단체로 이곳에 오는 경우도 상당히 많고, 스페인이나 유럽 곳곳에서 학생들에게 수행평가 같은 과제나 수학여행 등을 이곳으로 선정하는 경우가 많아 학생들도 많아진다. 세심한 주의가 필요하다.

우리 팀의 경우도 예외는 아니다. 대부분의 사람이 같은 생각을 하다 보니 동이 틀 무렵 출발하는 사람이 많다. 즉, 이 시각에는 사리아에서 출발하는 사람이 가장 많을 때이니 좁은 길에 사람들의 밀도가 무척 높다. 좁은 길에 사람이 많아서 추월이 수월치 않은 곳이 종종 나타난다. 그럴 때는 그냥 자전거를 끌기도 해야 한다.

길은 생각보다 만만하지 않다. 어제까지 큰 고개를 다 넘었기에 이제 쉬운 길만 남았을 것이라 생각했는데 지나고 나서 생각해 보면 이날이 가장 힘들었던 날이기도 한 것 같다. 사리아 도시를 나오면 산길에 접어들었고 오르막길이 시작되었다. 그렇게 포르토마린까지 높은 언덕을 넘어야 했고 포르토마린을 지나서도 또 낙타 등 같은 언덕을 계속해서 넘어야 했다. 14km 정도를 달리니 아침에 같이 출발한 순례자들은 대부분 추월하고 한적해지며 드디어 100km 남았다는 표시석을 만나게 된다.

　남은 거리가 두 자리로 줄었다고 생각하니 곧 산티아고 성당을 만나게 된다는 설렘과 힘들게 준비한 이 여행이 거의 마지막을 달리고 있다는 아쉬움이 공존한다.

　그래도 지금은 모두들 100km 표시석에서 인증샷을 찍으며 서로를 격려하며 이 표시석 앞에서 기쁨은 즐기고 있다.

　우리는 아름다운 토레스강을 예쁜 다리로 건너서 언덕 위의 작은 마을 포르토마린에 도착한다. 얼핏 보아도 토레스강을 끼고 언덕 위에 자리 잡은, 이름만큼 아름다운 마을이다.

　원래는 좀 더 낮은 곳에 있었는데 1960년대 댐이 지어지면서 수몰지구가 되어 언덕 위에 재건된 도시라고 한다. 이곳 카페에 들러 오렌지를 갈아 만든 생과일주스로 갈증을 녹이고 도시 입구의 계단에서 사진을 찍는다.

이 도시를 나오려면 다시 토레스강의 다리를 건너서 나가야 한다. 팔라스데레이를 향해 페달을 밟는다. 마지막까지 지긋지긋한 오르막 길이다. 팔라스데레이는 '왕의 궁전'이라는 뜻이라 한다. 아주 먼 옛날 이곳에 갈리시아를 통치하는 총독이 살던 궁전이 있었다고 한다. 특별한 느낌은 없는 도시다.

갈리시아 지방에 들어서면서 많이 느끼는 것은 길거리에 밤이 무척 많다는 것이다. 길옆에 밤나무가 있으면 길가에 떨어진 밤과 도토리가 가득하다.

밤나무 밑에는 밤이 쌓여 있고 도토리나무가 있으면 우리의 도토리보다는 조금 작은 도토리도 계속 쌓이고 있다. 다람쥐들에겐 천국일지도 모르

겠다. 스페인 사람들은 밤을 거의 먹지 않는 모양이다. 길에서 밤을 구워서 파는 경우는 조금 있지만 우리만큼 많이 먹지는 않는 것 같다. 조금 주워서 까먹어 보니 먹을 만은 하다. 하지만 우리의 밤이 훨씬 맛있다. 먹어 보지 않아 알 수는 없지만 다람쥐도 맛없는 도토리는 잘 먹지 않아 돼지의 사료로 쓰고, 그러다 우연히 이베리코도 탄생한 것이 아닐까 생각해 본다.

팔라스데레이를 지나 아르수아를 가는 마지막 구간을 오르막, 내리막을 반복하는 기나긴 여정이다. 힘든 고갯길을 거쳐 까미노 여정의 마지막 숙영지 아르수아에 도착한다. 아르수아는 모든 것이 갖추어져 있는 현대 도시다. 특히 산티아고에 도착하기 전 큰 도시라서 산티아고 관련된 산업으로 무장된 느낌이다. 많은 알베르게와 식당들, 기념품 가게, 마사지 샵 등 순례자들을 대상으로 한 서비스업이 가장 비중 높은 도시인 것 같다는 느낌을 받는다.

아르수아에서 산티아고까지는 약 40km다. 점심때까지는 도착한다는 것이다. 내일이면 이 여정이 마무리된다고 생각하니 늘 그렇듯 뿌듯함과 아쉬움이 공존한다. 팀원들도 모두 같은 표정이다. 내일이면 산티아고 성당 광장에 서게 된다는 설레는 표정을 감출 수 없다. 또 워낙 피로에 지쳐 있어서 빨리 마치고 싶은 마음도 커 보인다.

오늘은 좋은 레스토랑에서 맛있는 저녁으로 마무리했다. 빨래를 마무리 짓고 짐을 다시 재정비하고, 자전거를 보수하며 마지막 정리를 하는 모습들이 분주하다. 모두들 살짝 들떠 있어서 살짝 걱정된다. 오랜 시간 자전거를 타서 다소 무감각해진 것도 같다. 내일은 다소 안전 운행에 대해 환기를 시켜야겠다는 생각이 든다.

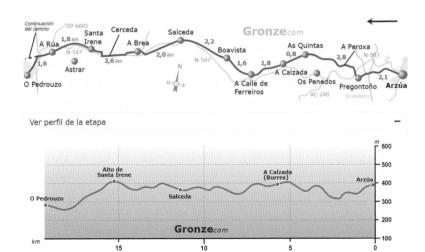

Ver perfil de la etapa

Ver perfil de la etapa

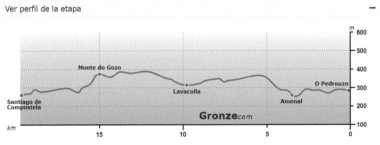

드디어 마지막 날의 새벽이 밝았다. 마지막 날의 날씨는 환상이다.

영상 13도, 해발 1,000m 내외의 지역에서는 영상 2~4도 정도여서 많이 추웠는데 이젠 그렇게 추운 곳은 없다. 정말 달리기 너무 좋다 오늘도 산길로 오르막 내리막이 반복되는 힘든 길이지만 40km로 조금 안 되는 오전만 달리면 끝나기에 어떤 길이라도 두렵지 않다. 최적의 기온이고 날씨도 화창해서 기분이 좋아진다.

출발 전 자전거를 최종 점검해 본다. 내 자전거에 대한 애정이 달려져 있음을 느낀다. 원래는 산티아고 여행을 감안하다 보니 뒤에 짐받이를 다는 데 유리한 알루미늄 자전거를 샀고, 평소 카본 풀샥 자전거가 갖고 싶어 이 여행을 끝으로 처분하고 업그레이드할 생각이었다. 하지만 묵묵히 이 험한 여행을 주인 다치지 않게 잘 지켜 주고 버텨 준 이 녀석이 고맙고 듬직해서 애정이 듬뿍 생긴다.

"잘 달려줘서 고맙다.
앞으로 나랑 멋진 곳으로 오래오래 다니자."

아르수아를 조금 떠나니 새벽의 안개가 마을에 깔려 있다. 시골 마을의 고즈넉함에 운치가 가득하다. 모두들 행복한 풍경을 즐긴다. 대신 순례객이 너무 많다. 사리아부터 많아진 순례객은 오늘은 더 많은 느낌이다. 사람들을 추월하며 '부엔 까미노'를 외치는데 이젠 거의 1분에 3~4번은 해야 한다.

자칫 실수하면 도보 순례자들과 충돌할 것 같다. 마지막 40km라고 우습게 보았지만 생각보다 많이 힘든 코스다. 경사도가 높지는 않지만 연속된 고갯길 코스라서 사람의 진을 빼놓는다. 그렇지만 숲속 길은 역시 예쁘다. 그래서 지루하지는 않다. 아르수아에서 페드로우소까지는 산길이다. 마을은 작고 소박한 집들만 있을 뿐 역사적 유적 같은 볼거리는 별로 없다. 페드로우소를 지나 산티아고와 14km 정도 남은 지점에는 기념품을 팔면서 파라핀으로 세요를 찍어 주는 좌판이 있다. 3년 전에도 있었는데 지금도 그대로 영업을 하는 것을 보니 코로나의 어려운 시기를 잘 넘겼구나 하는 생각이 든다. 도장을 찍는 사람들의 줄이 길다.

그 산길을 빠져나오니 비행기 소리가 들리기 시작한다. 산티아고 공항이다. 이제 약 10km 정도 남았다는 뜻이다. 공항 옆길을 지나 페달을 밟는다. 이제는 모두들 전혀 힘들지 않다. 가슴이 콩콩 뛰고 있어서 언덕이 나와도 도착할 생각에 환한 웃음만 짓고 있다. 산티아고 시내 초입부터 이곳이 산티아고임을 알려 주는 표지판, 조형물, 간판이 더욱 우리를 설레게 만든다.

　산티아고는 완전한 대도시다. 그 대도시에 환한 표정으로 배낭을 멘 순례자들이 줄을 지어 한쪽으로 향하고 있는 모습이다. 길을 몰라도 상관없다. 배낭 멘 사람들만 따라 가면 대성당에 도착한다.

　산티아고 대성당 광장 초입에 계단을 내려가는 곳이 있는데, 3년 전에 그곳에서 백파이프를 불던 사람이 있었다. 지금도 같은 소리를 내고 우리를 맞고 있다. 그 입구를 지나자마자 산티아고데콤포스텔라의 광장이 눈 앞에 갑자기 나타난다.

"아, 드디어 도착했구나… 무사히 해냈어."

바닥에 누워 산티아고의 하늘을 느끼는 사람들, 자전거를 번쩍 들어 환호하는 사람, 감동해서 눈물 흘리며 서로를 안아 주는 사람들, 그렇게 자신이 해냈다는 기쁨을 한껏 누리고 있는 사람들로 가득하다.

비록 작은 도전이지만 최선을 다한 노력으로 이곳까지 도착한 자신에게 향한 축하와 격려, 또 같이 내 옆자리를 지켜 준 동료를 향한 고마움과 애틋함, 그리고 이름도 모르고 어느 나라에서 온 줄도 모르지만 나와 똑같은 노력으로 이 자리에 같이 서 있는 순례자들에게도 같은 길 위의 동지애로 열린 마음으로 그들을 대하게 된다. 처음 보는 사람과 어깨동무하고 사진 찍는 일은 다른 관광지에서는 없는 일이다.

나 역시 팀원들과 무사히 도착했다는 사실에 그들에게 감사하고 있고, 팀을 이끌며 내 몸이 힘들 때 누군가에 대한 서운한 생각을 하게 되었는데 지금은 그랬었다는 사실도 부끄럽고 그랬던 이유가 무엇이었는지도 기억나지 않는다.

여러 감정이 교차한다. 3년 동안의 힘든 준비로 성취도 허탈도 같이 있다.

'영성.' 멋진 말 같고 산티아고 길 위에서 얻고자 하는 뜻을 가진 사람도 있겠지만, 난 영성의 뜻도 잘 이해되지 않는다. 종교적이거나 철학적 의미로 이곳에 여행 온 것은 아닌 줄 안다. 그저 이국적이고 아름다운 이곳에서 힘들고 긴 여행길을 수행함으로 어려운 무엇인가 해냈다는 자신감을 얻고 지친 마음을 힐링하는 목적으로 이곳에 도착했을 뿐이고, 두 번째 이곳에 섰지만 첫 번째와는 조금 다르다.

사람들과의 여행에서 의지하는 마음도 있지만 불편한 마음이 생기기도 했다. 누군가를 만나며 반가워했지만 그들과 스치며 나와 다름에 불편했던 것이다. 그러한 모순과 부족함을 살아가며 고쳐야 한다는 마음이었다면, 이제는 그 부족함을 그대로 받아들이면 어떨까 하는 생각도 해 보게 된다. 이런 것들이 나를 조금은 더 행복하게 하는 것인가 싶다.

오늘은 만찬을 하기로 한다.

큰형님께서 전체 팀원들에게 오늘은 특별히 멋진 저녁 식사를 살 것이니 금액에 상관하지 말고 가장 멋지고 맛있는 식당으로 안내하라고 하신다.

나는 그런 말은 아주 잘 듣는 편이다. 산티아고 성당 주변에는 멋진 해산물 식당들이 즐비하다. 멋진 식사로 마무리해야겠다.

지난 13일간 쉬지 않고 달려야 하는 힘든 라이딩 일정에 우리는 지쳐 있었고 내일은 한국행 비행기를 타야 하기에 오늘 하루는 꿀맛 같은 휴식을 맛볼 수 있는 날이다.

우리는 오늘 피스테라와 포르투갈의 포루토를 다녀오기로 했다. 어제 산티아고 공항에 가서 9인승 미니밴을 렌트해 두었고, 렌터카를 활용해서 먼 거리를 달려 맛보기라도 그곳을 경험해 보고 싶었다.

일반적인 순례자는 산티아고데콤포스텔라에 도착하면 그곳에서 여정을 마치는 것이 일반적인 여행이긴 하지만, 일부의 순례자는 피스테라와 묵시아 방향으로 발걸음을 이어간다. 피스테라는 옛날부터 세상의 끝이라고 불리었다고 한다. 스페인 입장에서는 우리나라의 '땅끝마을'과 같은 느낌인 셈이다. 산티아고에서 피스테라까지의 거리는 약 80km. 도보 순례자에겐 또 3~4일을 걸어야 하는 길이고 자전거라면 하루에 도착할 수 있는 거리다.

또 산티아고 대성당 주변에서 One Day 투어 형식으로 피스테라와 묵시아를 다녀오는 버스 투어를 운영하는 곳이 많다. 광장 주변이나 거리에서 순례객을 상대로 영업을 하고 있기에 찾기가 어렵지도 않다. 비용은 40유로 전후이고 여러 곳이지만 비용이나 프로그램은 별 차이는 없다. 야고보의 제자들이 관을 메고 건넜다는 폰테마세이라 다리와 묵시아 그리고 피스테라를 다녀오게 된다.

우리는 8명이었기에 320유로가 예상되었고 차라리 그 돈으로 미니밴을 렌트해서 피스테라와 더 많은 곳을 우리 마음대로 다녀 보는 것이 좋겠다는 결론을 내렸다.

그래서 전날 산티아고 공항에서 미니밴을 렌트해 왔고, 오늘 마음껏 관광을 즐긴 후에 내일 자전거를 싣고 산티아고 공항으로 가서 차를 반납하면 되니 훌륭한 판단이라고 스스로를 대견하게 생각했다.

처음에는 피스테라와 묵시아를 다녀올 생각이었으나 좀 더 욕심을 내서 피스테라 한 곳만 가고 묵시아를 포기한 대신 포르투갈 제2의 도시 포루토에 가서 점심을 먹고 오기로 했다. 피스테라에서 300km를 가야 하지만 멤버 중에 베스트 드라이버가 있었고 서울과 대구 정도 거리를 왕복하는 것이라면 할 만하다고 판단했다.

모두들 13일간 쉬지 않은 라이딩으로 지쳤을 터이지만 새벽부터 분주하다. 아직도 들떠 있고 설레는 마음으로 피스테라로의 여행을 독촉한다. 아침은 가는 길에 아무 카페에서 먹기로 하고 일찍 출발한다. 너무나 당연한 이야기지만 차로 이동하는 것이 이렇게 좋은 것인지 새삼 알게 된다. 13일간 내 다리의 힘으로만 움직이다가 갑자기 차를 타고 움직이니 너무나두 편하고 신기하게까지 느껴졌고, 모두들 같은 마음으로 출발한다.

가는 길에 작은 카페에 들러 커피와 크루아상으로 아침을 채우고 서쪽으로 드라이브를 시작한다. 가는 길에 도보나 자전거로 달려야 할, 피스테라로 향하는 순례길이 드문드문 나타난다. 그렇게 2시간을 달려 우리는 피스테라에 도착한다.

피스테라는 과하지 않게 예쁜 보통의 항구 마을이다. 그 항구에서 등대 쪽으로 약 3km를 이동하면 피스테라의 등대로 이동하게 된다. 아침의 상쾌한 기분과 예쁜 풍경이 어우러져 자전거로 달렸으면 더 좋겠다는 생각이 든다. 등대 주차장에 주차를 하고 절벽 위의 바닷가로 향한다.

지도에서 보았던 것처럼 피스테라의 등대는 바다로 톡 튀어나온 땅끝에 자리 잡고 있다. 우리가 알고 있는 등대와는 조금 다르게 건물 위에 등대가 있는 모습으로, 누가 보아도 유럽형 등대라는 생각이 든다. 경치가 좋아서 볼거리가 풍부하다. 이곳에도 산티아고 0km 표시석이 있다. 처음 보는 대서양과 잘 어울려 보인다.

피스테라를 구경한 우리는 포루토로 향한다. 거리는 300km 거리다. 우리는 고속도로를 달려 포루토로 향한다. 가는 길 고속도로 위에서 스페인의 휴양 도시 폰테베드라와 비고를 지난다. 비고는 갈리시아 지방에서도 최대 도시다. 고기잡이배들과 양식장 등이 보이는데 그럼에도 도시의 건물은 가득하다. 우리와는 좀 다른 느낌이다.

4시간을 달려 우리는 포루토에 도착한다. 포르투갈의 풍경은 스페인과 조금 다르다. 건물은 조금 더 고풍스러운 느낌이고 사람들도 좀 더 친절한 느낌이다. 자전거 거치대도 편리하지는 않지만 예술적이다.

스페인보다는 물가가 싸다. 순례길 중 포르투갈 길을 걷는 사람들에게 들은 이야기는 포르투갈에서 싼 물가를 느끼며 여행하다가 갑자기 물가가 비싸져서 무슨 일인가 보면 스페인과의 국경을 넘은 후라는 것이다.

오늘은 잠시만 다녀가지만 나중에 꼭 다시 와 보고 싶은 곳이다. 빠른 시간에 포르투갈 길을 순례하게 되길 바라는 마음을 갖고 돌아오는 차에 오른다.

가장 아쉬운 아침을 맞는다. 오늘은 한국에 돌아가는 날이다. 몇 시간 후면 파리에서 한국행 비행기를 탈 것이고, 내일 오후에는 한국에 돌아간다. 대부분의 여행은 여독에 지쳐서 돌아오는 비행기를 빨리 타고 집에 도착하고 싶은 마음인 경우가 많았는데 역시 까미노라는 여행은 가장 고단한 여행이었지만 돌아가는 길이 모두 아쉬운 표정이다.

산티아고에서 돌아가는 방법은 다시 파리나 마드리드를 거쳐서 귀국하는 방법이 가장 일반적이다. 우리는 파리로 들어와서 파리로 돌아가지만, 가능하다면 마드리드로 귀국하는 방법도 좋을 것 같다.

우리는 파리로 돌아가야 하는데 가장 편한 방법은 당연히 항공이다. 약 1,600km의 거리라서 버스나 기차는 몇 번을 갈아타기도 하고 시간도 너무 많이 걸린다.

항공편은 부엘링항공(www.vueling.com)밖에 없다. 저가 항공이고 한국에서 반드시 미리 예약을 해야 한다. 항공료 이외에 자전거는 유료 수하물로 추가 결제해야 한다.

조심해야 할 것은 다이렉트로 파리로 가는 것이 있는지 미리 확인이 필요하다. 매일 직항이 있는 것이 아니라 2~3일마다 한 번씩 산티아고-파리 직항이 운항되므로, 이어서 파리에서 탈 귀국행 비행기와의 시간까지 고려해서 예약해야 한다.

저가 항공이라 비행기도 저가이고 서비스도 저가인데 가격은 그렇지 않다. 취소가 가능한 티켓이고 자전거 수하물 비용까지 합하면 20~25만 원 정도 소요된다. 주의 깊게 예매할 필요가 있다.

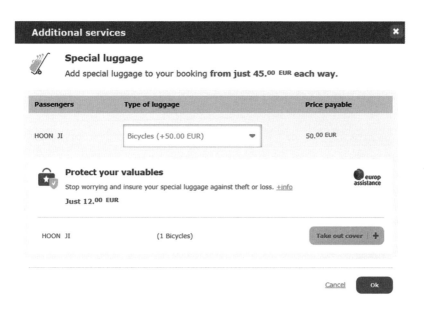

또한 한 가지 더 조심할 것은 파리에 공항이 두 군데가 있다는 것이다. 하나는 샤를 드골 공항이고 또 하나는 오를리 공항이다. 파리를 중심에 두고 북부와 남부에 있어서 빨리 가도 2시간 거리다. 한국으로 운항하는 비행기는 대부분 샤를 드골 공항이니 예약할 때 착오가 없어야 한다.

자전거는 미리 포장해 놓았다. 우리가 출발할 때에는 자전거 박스에 포장해서 비행기에 수하물로 운반했지만, 이곳에서는 박스를 구할 여유가 없었다. 물론 시내 자전거 샵을 뒤지거나 우체국에 가면 자전거 담을 박스를 구매할 수는 있지만 어제 우리는 피스테라와 포루토에 다녀오느라 시간을 많이 써서 박스를 구할 시간도 없었다. 대신 우리는 파리에서 산티아고까지 자전거를 메고 오게 해 준 캐링백에 담을 예정이다.

대개의 항공사는 박스에 포장해야만 수하물로 받아주는 것은 아니다. 캐링백에 잘 포장해서 오면 산티아고에서 파리로 가는 부엘링항공도 캐링백 상태로 수하물을 받아 준다.

산티아고에서 2시간의 비행을 거쳐 파리에 도착한다. 파리의 샤를드골 공항은 무척 커서 1 터미널부터 3 터미널까지 있다. 터미널 간의 이동은 지하철로 이동하게 되어 있고 무료다.

우리는 3 터미널에서 내리는데 이곳에서 자전거 수하물을 찾아야 한다. 자전거를 찾아서 카트에 싣고 약 1km 정도를 걸어서 지하철에 도착하면 된다. 그리고 그곳에서 두 정거장을 이동하면 2 터미널이다.

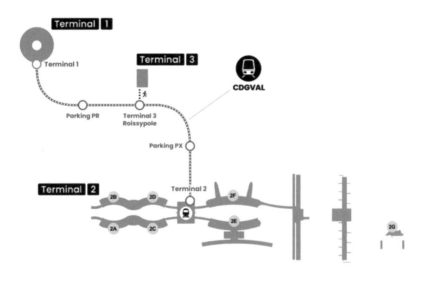

자전거를 가지고 이동해야 하니 카트를 최대한 활용해서 이동하면 편리하다. 2 터미널에 도착하면 다시 해당 항공사 카운터에 가서 다시 짐을 부치고 티케팅을 해야 한다. 그렇게 우리는 14시간을 비행해서 다시 한국으로 돌아왔다.

많은 준비를 했지만 역시 까미노는 많은 변수를 주었고 우리는 그 변수에 현명하게 대처했다. 그리고 까미노의 작은 천사들은 언제나 나타나서 도와주었다.

까미노는 여전히 아름다웠으며 우리는 감동했다. 또 여전히 우리를 갈라놓았고, 또 이유를 깨닫게 해 주어 다시 결속시켰다.

한국 땅에 내린 지금 차가운 공기를 마시며 얼마 후 다시 그곳 산티아고를 찾게 될 것을 느끼고 있다.

언제나 그렇듯 여행길에서 돌아오며 다음 여행을 꿈꾸는 것이다.

이것만은 지켜주세요!

🚲 순례길에서의 예절

1. 한국인에 대한 좋은 인식 심어 주기

순례길은 전 세계 대부분 국가의 사람들이 모이는 곳이다. 한국인의 비율은 1%지만, 워낙 많은 국가의 사람들이 지나가므로 적지 않은 비율이다. 식당, 알베르게 등에서 좋은 인상으로 남아 다음의 한국인이 좀 더 친절한 순례길을 갈 수 있길 바란다.

2. 순례길 마을 내에서는 조용히

순례길 비즈니스를 통해 경제적 이득을 취하는 사람이라면 모르겠지만 보통의 주민이라면 매일 순례자들이 오가는 것은 스트레스일 수도 있다. 어떤 마을은 등산 스틱이 길에 닿는 소리조차 주의해 달라는 곳도 있다. 아마도 시에스타 같은 낮잠 자는 시간이 중요한 그들에게는 더욱 조심해야 할 일인지도 모른다.

자전거 라이딩을 하며 음악을 크게 듣거나 하는 것은 한국에서도 매너가 아니듯이, 그곳에서도 주의가 필요하다.

3. 알베르게 내에서의 매너

가장 중요한 것은 조용히 행동해야 하는 것이다. 새벽에 출발하는 순례자들이 많아 일찍 취침해야 하는 경우가 대부분이다.

또, 식당에서 주방용 도구를 독점하는 것도 에티켓에 어긋난다. 우리나라 식사의 경우 여러 반찬을 곁들이는 경우가 많아 그럴 수 있으니 주의가 필요하다.

고가의 자전거를 가지고 갈 경우 실내에 보관하고 싶어 하는 경우가 많지만 베드버그 편에서 설명한 것처럼 전체의 위생이 더 중요한 것이다.

4. 성당 내 배낭, 자전거 휴대 금지

다 그런 것은 아니지만 성당에서 조용히 관람하고 자전거 등은 밖에 거치하고 관람하기 바란다.

5. 농산물, 열매 채취 자제

순례길의 대부분이 농업 지역이므로 포도밭도 지나고 체리 등 농산물을 많이 만날 수 있다. 서리는 엄연히 불법이므로 하지 말아야 하고, 우리의 것과 비슷한 열매라도 함부로 취식하면 탈이 날 수도 있으니 주의 바란다.

6. 기본적인 스페인어

기초적인 영어도 통용이 안 되는 지역이 많다. 이를테면 '와인' 같은 당연히 이해될 만한 단어도 소통이 어려운 경우가 의외로 많다.

기초적인 인사와 숫자 등은 그들이 좋아하기도 하고 우리 여행도 좀 더 즐겁게 해 주므로 어렵더라도 간단한 스페인어는 숙지하고 여행하기 바란다.

🐦 인사

- Buenas dias: 좋은 아침입니다.
- Buen Camino: 좋은 순례길 되세요.
- Gracias: 감사합니다.
- Por favor: 부탁합니다.

🐦 숫자

1	uno	2	dos	3	tres
	우노		도스		트레스
4	cuatro	5	cinco	6	seis
	콰트로		신코		세이스
7	siete	8	ocho	9	nueve
	시에테		오초		누에베
10	diez	0	cero		
	디에스		세로		

추가 정보가 필요하시다면 더 궁금하신 내용은
네이버 밴드 「**자전거 타고 산티아고**」에서 문의해 주시면
최대한 성실히 답변 드리겠습니다.

네이버밴드 동호회 「자전거 타고 산티아고」
band.us/@caminobybicycle

네이버밴드 페이지 「자전거 타고 산티아고」
@santiagobybike

자전거 타고 산티아고

1판 1쇄 발행 2023년 4월 12일

지은이 지훈

교정 신선미　**편집** 유별리　**마케팅·지원** 이진선

펴낸곳 (주)하움출판사　**펴낸이** 문현광

이메일 haum1000@naver.com　**홈페이지** haum.kr
블로그 blog.naver.com/haum1007　**인스타** @haum1007

ISBN 979-11-6440-335-6 (03810)